雪と消えにし人や恋ふらむ

建礼門院右京大夫集

坂田みき 訳

現代語訳で読む日本の古典

目次

はじめに

建礼門院右京大夫《けんれいもんいんうきょうのだいぶ》は平安後期から鎌倉前期の激動の時代を生きた女性です。平清盛が権勢を振るい、「平家に非《あら》ずんば人に非ず」と言わしめた時代に、清盛の娘で高倉天皇に入内《じゅだい》した平徳子《とくこ》（後の建礼門院）に仕え、宮中生活を送る中で平資盛《すけもり》という生涯の恋人と巡り会い、平家滅亡によって恋人に先立たれます。その悲嘆の歌を切々と書き記した日記的私家集《しかしゅう》『建礼門院右京大夫集』によって後世に知られることとなった人物です。

私は長く国語科の教員として女子校で教鞭を執っておりましたが、生徒たちが興味を持ち強く共感してくれる作品の一つがこの『建礼門院右京大夫集』でした。木曾義仲《よしなか》（源義仲）の上洛により形勢が危うくなった平家一門。いつ何時死を迎えるかもわからない資盛は右京大夫に揺れる本心を吐露します。何も答えられない右京大夫。やがて、平家は都落ちし、それきり二人が会うことはありません。二年後、資盛の死の知らせが右京大夫の元に届きます。絶望の中、死ぬことも出家することも出奔することも叶わず、ただ生きていくしかない悲しみを、この辛さ、苦しさは誰にもわかってもらえない、と彼女は歌に詠みます。

またためし　たぐひもしらぬ　うきことを　みてもさてある　身ぞうとましき

なべて世の　はかなきことを　かなしとは　かかる夢みぬ　人やいひけん

高校古典教科書の定番となっているこの二首を生徒たちに現代短歌に詠み直させる、という試みを授業で行ってきました。優れた作品をご紹介します。

またためし〜

もう二度と　貴方に逢えぬ　命なら　捨ててしまって　かまわないのに
これほどに　苦しいことは　またとなく　誰か私を　殺してほしい
知らぬほど　辛い思いを　かかえても　後にも先にも　動けぬ我が身

なべて世の〜

「悲しみ」と　なぜ一言に　綴られる　世の云う「哀」と　私の「愛」が
夢であれ　身を裂くような　この痛み　私以外は　知らずに生きる
無常の身　辛いと語る　人の声　我が内ならば　上辺の言葉

提出された作品を読み、若い人たちの感性の瑞々しさ、言葉選びのセンスの良さに感心させられたものでした。

教科書に採られているのは「平家都落ち」と「資盛の死」の二章のみで、現代語訳があまり書店に並んでいない作品なので、いつか全文を現代語訳してみたいと思っていました。原文を味わいながら現代語訳する作業に取りかかり始め、今まで不勉強で知らなかったことに数多く遭遇し、ますますこの作品や右京大夫という女性に深く傾倒することとなりました。

前述のとおり、高校教科書では資盛との永遠の別れに関する部分のみが取り上げられていますが、右京大夫は短い宮仕えの間に、もうひとり藤原隆信《たかのぶ》という貴族と恋愛関係に陥っています。しかも、資盛と隆信、二人の男性との交渉は同時進行です。現代の感覚ではどうにも理解しがたい状況です。右京大夫の心理に合点がいくまで少々時間がかかりましたが、中村真一郎氏の著書『日本詩人選13　建礼門院右京大夫』（筑摩書房）を参考に、平家の御曹司である資盛との確証の持てない恋愛に悩む中、年上の世慣れた隆信に心がなびいたのではないかと考えました。

私家集（自選の和歌集）で、人に見せるためのものではないと右京大夫も書いているとおり、前半（高倉天皇崩御まで）は、前述の和歌に関連して思い出す和歌を次々並べているようで、時系列が整っていません。訳す折、わかりやすいように、配列を変えた部分があります。繋がりが見えるように言葉を足した部分もあります。題詠四十首は恋愛に関わる歌のみを取り上げました。

後半は、平家一門が都落ちし、恋人を失って追悼の思いを抱きながら余生を過ごす様がほぼ時系列で叙述されていますので、七夕の歌五十一首を間引いた以外は原文どおりです。恋人の死によって絶望の淵に陥りながらも、少しずつ気力を回復し、人に会ったり旅に出たり、後には請われて後鳥羽院の元に再出仕《しゅっし》も果たしています。自分が死んでしまったら資盛を弔う人もいない、と生きる覚悟を固める場面や、後書きでの藤原定家《さだいえ》とのやりとりは胸を打つものがあります。

その時々の気持ちをストレートに詠んだものが多い右京大夫の和歌ですが、掛詞《かけことば》や縁語《えんご》を多用し技巧的に優れた深みのある首も多く掲載されています。しかし、そこにこだわりすぎると訳がわかりにくくなってしまうので、歌の真意が伝わるようになるべくシンプルに訳しました。

私が読み訳しながら感じた共感や感動を少しでも共有していただければ幸いです。

坂田みき

建礼門院右京大夫集

序文

世の中には私家集などと言って、歌をお詠みになる人がご自分の作品を書きとどめ、おまとめになることがあるようですが、これは決してそのような畏れ多いものではございません。ただ、しみじみと悲しくも何となく忘れがたく思われることどもが、ある折々にふと心に甦りましたのを、思い出されるままに、自分だけが見るために書きおくものでございます。

われならで　たれかあはれと　水茎《みづぐき》の　跡《あと》もし末の　世に残るとも

（私以外に誰がしみじみとこの書き物を見るでしょうか。もしこれが後の世に残ったとしても。）

一　宮中への出仕

中宮徳子に仕え、華やかな宮廷生活を送る中で、季節の移ろいや様々な感慨を歌に詠む。

高倉院がまだ帝としてご在位のころ、承安《じょうあん》四年（一一七四年）の年であったでしょうか、正月一日に中宮平徳子様のもとへ、高倉帝がお渡りなさいました。私は前年に中宮付きの女房として出仕したばかり。初めて宮中で迎える正月でございました。帝が直衣《のうし》をお召しになったお姿、中宮様の正装なさったご様子など、いつものこととは申しながら、目にも艶やかにお見えでいらしたのを、通路から拝見して、心の内で一首。

雲の上に　かかる月日の　ひかり見る　身の契りさへ　うれしとぞ思ふ

（雲の上である内裏《だいり》で、日と月のような帝と中宮様の光輝くお姿を拝見できる我が身の幸運が嬉しく思われます。）

＊

同じ承安四年の春であったでしょうか、高倉帝のお母上でいらっしゃる建春門院《けんしゅんもんいん》平滋《しげ》子《こ》様が内裏にしばらくご滞在なさっておられました。女院《にょういん》は中宮徳子様の御座所にいらして、中宮様のお母上である八条の二位平時子《ときこ》様も参上なされ、お三方がご一緒になられた折がございました。

先輩女房である御匣殿《みくしげどの》の後ろから、お三方の様子をそっと拝見したところ、女院は紫色の濃淡をぼかした着物に山吹の上着、桜の小袿《こうちき》、青色の唐衣《からぎぬ》で蝶の模様をいろいろに織り込んだものを重ねてお召しになって、言いようもなく素晴らしく、若々しくていらっしゃいます。中宮様は、蕾紅梅《つぼみこうばい》の着物に樺桜《かばざくら》の上着、柳色の小袿、赤色の唐衣でみな桜の模様を織り込んだものを重ねてお召しになり、その色合いがなんともぴったりとして映え、今さらながら素晴らしく、言いようもないお美しさです。あたり一帯の御座所のしつらえや、お付きの人々の姿まで特別輝くばかりに見えて、心にこのように思われました。

春の花　秋の月夜を　おなじをり　みるここちする　雲のうへかな

（女院や中宮様のお美しいお姿を同時に拝見でき、春の桜、秋の月夜を同時に見る心地がする内裏であることです。）

＊

琵琶の名手であった頭中将《とうのちゅうじょう》西園寺《さいおんじ》実宗《さねむね》様が、常々中宮様の御座所へ参上されては、琵琶を弾き、和歌を朗詠されておられましたが、時々私に「琴を弾け」などとおっしゃることがございました。「私の下手な琴では興ざめでございます」とだけ申し上げてやり過ごしておりましたが、ある時、手紙風にただ次のようにだけ書いて贈って寄こされました。

松風の　ひびきもそへぬ　ひとりごとは　さのみつれなき　ねをやつくさむ

（松風の響きも添えない独り言のように、いくらお誘いしてもあなたが合わせてくれない私の独奏はわびしく、いつまで音を尽くせばよいのだろうか。）

返歌として、次の歌をお贈りいたしました。

よのつねの　松風ならば　いかばかり　あかぬしらべに　ねもかはさまし

（私の琴が世の常の松風のように普通の腕前であったならいくらでも合奏申し上げますが、

とてもあなた様の琵琶に合わせられる技量ではございません。）

＊

同じ実宗様が、四月、葵祭に先立って行われる賀茂神社の御生《みあれ》の神事のころに、中宮様の御座所である藤壺に参上なされて世間話などなさったことがございました。その折、権亮平維盛《ごんのすけたいらのこれもり》様が通られたのを実宗様が呼び止められて「近いうちどこかで、気の置けない管弦の遊びを催そうと思いますが、その時には必ずあなたもお誘い申し上げるのでいらしてくださいね」などと約束なさいました。少将維盛様はすぐに立ち上がってその場を去られましたが、少し離れて眺められるくらいの所に、警護のためにお立ちになっておられます。二藍《ふたあい》の色濃き直衣、指貫《さしぬき》、若楓《わかかえで》色の着物、初夏の一重《ひとえ》は普通のことではございますが、色合いが格別で、そのお姿が、本当に絵物語に描かれる貴公子のように美しく見えます。中将実宗様が「自分があのような姿であったならば、ひどく命が惜しく思われ、かえって煩わしいだろうな」などとおっしゃって、

うらやまし　見と見る人の　いかばかり　なべてあふひを　心かくらむ

（羨ましいことだ。あの人を見る女たちは、どれほどみな彼と結ばれる日を願っていることでしょう。）

とお詠みになります。

「ただ今のあなたの心の内もそうなのでしょう」などと実宗様がおからかいになったので、そばにあった紙の切れ端に次の歌を書いて差し出しました。

中々に　花のすがたは　よそに見て　あふひとまでは　かけじとぞ思ふ

（美しい花のすがたはかえって遠目に見る方がよく、美しい殿方も遠目で見るだけにして、恋人にはなるまいと思います。）

このように申し上げたところ、「思いを捨てようとなさるのは、それだけ思いが深いからでしょう。本当にそれが正直な気持ちですか」とお笑いになったのも、言い得て妙だとおかしく思いました。

＊

秋の末ごろ、建春門院様が御所においでになって、しばらく中宮様と同じ所にご滞在なさったことがございました。九月も終わり、明日戻られるというときに、女官《にょうかん》が葦手《あしで》の下絵《したえ》の檀紙《だんし》を立文《たてぶみ》にして、紅《くれない》の薄紙に次の歌を書いて寄こしました。

帰りゆく　秋にさきだつ　なごりこそ　をしむ心の　かぎりなりけれ

（帰っていく秋に先立ってお暇《いとま》いたしますが、名残惜しい気持ちのかぎりないことです。）

返歌は、上の白い菊重ねの薄紙に書き、誰がくれた文《ふみ》かわかりませんでしたので、女房の中へ、平知盛《とももり》中将がおいでになったときにことづけました。世の中の様子も名残惜しそうに時雨《しぐ》れて、感慨深いけれど、

たちかへる　なごりをなにと　をしむらん　ちとせの秋の　のどかなる世に

（帰っていく名残をどうして惜しむのでしょうか。千年の秋ののどかなこの世に。）

＊

里下がりしていた女房が、藤壺の前庭の紅葉が見たいと手紙で寄こしましたが、散りすぎてしまったので、細工物の紅葉を贈ることにして、その枝に書き付けました歌。

吹く風も　枝にのどけき　御代《みよ》なれば　ちらぬもみぢの　色をこそみれ

（吹く風も枝にのどかな帝の御代なので、散ることのない紅葉の美しさが見られることですよ。）

＊

安元《あんげん》元年（一一七五年）の冬、賀茂神社の臨時の祭に、中宮様が帝のお住まいである清《せい》涼殿《りょうでん》の御局《みつぼね》にお上りなさいましたが、差し支えがあってお供に参上できず、それはそれは心にしみる還立《かえりだち》の御神楽《みかぐら》も見ることができないのが残念で、中宮様の御硯《おんすずり》の箱に、薄紙の端に書き付けた歌を入れておきました。

朝倉《あさくら》や　かへすがへすぞ　恨みつる　かざしの花の　をりしらぬ身を

（「朝倉」を歌い舞う神楽が見られず返す返すも恨めしいことです。舞人が桜の造花を冠に挿して舞うその折を知らない、間の悪いわが身を。）

＊

中宮様がお父上平清盛様の別邸である六波羅殿《ろくはらどの》にしばらくおいでになって、内裏にお戻りになったときのことです。行啓《ぎょうけい》の出車《いだしぐるま》に乗ってお供した女房が、その夜の月がたいそう美しかったのを、登花殿《とうかでん》のあたりで人々と連れ立って眺め、その明くる朝、「夕べの月に心がそのままとどまって」と言って寄こしたので、

雲のうへを　いそぎいでにし　月なれば　ほかに心は　すむとしりにき

（雲の上を急いで出た月と同じで、内裏を急いで退出したあなたなので、「御所でいつまでも月を眺めたかった」と言いながら、他所に心はあると知っていましたよ。）

＊

炭櫃《すびつ》の端に、小さな器に水の入ったものが置いてありましたが、月がさし込んで映っていたのが珍しく思えて、

めづらしや　杯《つき》に月こそ　やどりけれ　雲井の雲よ　たちなかくしそ

（珍しいことです。杯に月が宿っています。空の雲よ、この月を隠さないでおくれ。）

＊

安元二年（一一七六年）七月に建春門院様がお亡くなりになり、建春門院様のために、高倉帝御自《おんみずか》ら、法華経を御写経され、翌安元三年七月に内裏で法要のための御八講《みはっこう》が行われました。その三日目にあたる五巻の日、女院たち、お后方、三条女御殿《さんじょうのにょうごどの》藤原琮子《たまこ》様、白河殿平盛子《もりこ》様などが、みな仏前にお捧げになるため、それぞれの方に縁のある殿上人《てんじょうびと》が御捧物を持って参上なされた様子は、立派で趣深いものでありました。中宮様の御捧物は二本の枝につけられ、中宮亮平重盛《ちゅうぐうのすけたいらのしげもり》様、権亮平維盛様がお持ちになったと記憶しています。故建春門院様が参内された際にお住まいであったあたりの調度が取り払われて法要

の場に作りかえられたのも感慨深く、次の歌を詠み申し上げました。

九重《ここのへ》に　みのりの花の　にほふけふや　きえにし露も　ひかりそふらむ

（宮中に御法《みのり》の花が美しく咲く御八講の日の今日、亡くなられた女院も仏の光をお受けになっていらっしゃることでしょう。）

＊

近衛殿《このえどの》藤原基通《ふじわらもとみち》様がまだ二位中将《にいのちゅうじょう》と申し上げたころ、藤原隆房《たかふさ》様、平重衡《しげひら》様、平維盛《これもり》様、平資盛《すけもり》様などの、殿上人であった方々をお連れになって、白河殿平盛子様の女房たちを誘って、あちこちの桜をご覧になったことがございました。翌日、たいそう美しい桜の枝が、花見をなさった人々から中宮様のところへ届きましたので、中宮様の仰せで次の歌をお贈りしました。

さそはれぬ　うさもわすれて　ひと枝の　花にぞめづる　雲のうへ人

（誘われなかった悔しさも忘れて、ひと枝の花を中宮様は愛でていらっしゃいます。）

その返事としてお二方から歌が届けられました。

隆房少将

雲のうへに　色そへよとて　一枝を　をりつる花の　かひもあるかな

（内裏に彩りを添えようと思って一枝の花を折った甲斐があったことですよ。）

資盛少将

もろともに　たづねてをみよ　一枝の　花にこころの　げにもうつらば

（次はご一緒に訪ねてみましょうよ。一枝の花に心が本当に惹かれるのならば。）

これは平資盛様にいただいた初めての歌でございました。中宮様の代詠としてお贈りした歌に社交辞令として返ってきたものにすぎないとは思いながら、「次はご一緒に」という誘いの言葉に、世慣れない私の心はときめいたのでした。

＊

いつの年であったでしょうか、月の明るい夜に、高倉帝が、御笛をお吹きになっていらっしゃったのが、とりわけ趣深く聞こえたのを、お褒め申し上げたことがございました。帝が中宮様の御座所へお渡りになった後に、中宮様が帝に「右京大夫の褒めようといったらなかったですよ」と申し上げなさると、帝は「それは右京大夫が心にもない世辞を申しているだけだ」とおっしゃったので、

さもこそは　かずならずとも　一筋《ひとすぢ》に　心をさへも　なきになすかな

(私のような物の数にも入らないような者であっても真心はございます。その心までもなきものとなさるのですね。)

とつぶやきました。それを、三条内大臣《ないだいじん》藤原公教《きんのり》様の娘である大納言君《だいなごんのきみ》と申す女房が、「右京大夫がこのように申しております」と申し上げると、帝はお笑いになって、御扇《みおうぎ》の

端に次のように書き付けてくださいました。

笛竹の　うきねをこそは　おもひしれ　人のこころを　なきにやはなす

（自分の竹笛の下手な音色がわかっているだけです。せっかく褒めてくれたあなたの真心をないものとはしませんよ。）

高倉帝は本当に心のお優しい方でございました。

＊

こうして宮仕えの幾年か、帝と中宮様の仲睦まじいご様子や華やかな宮廷生活を垣間見させていただき、それだけで十分すぎるほど夢のような日々を過ごしておりましたが、多くの貴公子たちとの交流の中で、次第に恋愛事に煩わされるようにもなるのでした。

〈題詠四十首・抜粋〉

片思いを恥じる恋。

おきつなみ　岩うつ磯の　あはび貝　ひろひわびぬる　名こそをしけれ

（沖からの波が岩を激しく打つ荒磯の片貝であるあわびを拾いあぐねているように、恋の思いが遂げられず悩んでいるという浮き名が立つことが口惜しいことです。）

曇る夜の月を見て。

くもり夜を　ながめあかして　こよひこそ　千里《ちさと》にさゆる　月をながむれ

（曇る空を一夜眺め明かして、今夜こそはるかかなたに美しく照る月を眺めます。こんなふうに、あの人を待ちわびて幾夜も眠れぬ夜を過ごし、今夜こそは私の思いが叶ってほしいものです。）

夕暮れに野の尾花の前を通り過ぎて。

心をば　尾花《おばな》が袖に　とどめおきて　駒にまかする　野辺《のべ》のゆふぐれ

（風になびき、私を招くあなたの袖のように見えるすすきに心惹かれながら、馬にまかせて通り過ぎて行く野辺の夕暮れよ。）

互いに常に相手の噂を聞く恋。

ありときかれ　われもききしも　つらきかな　ただ一筋に　なきになしなで

（私の噂を聞かれ、私もあの人の噂をただ聞くだけで逢えないのは辛いことです。いっそ互いにいないものとしてしまえれば。）

寝覚めに衣を敲《たた》く音を聞いて。

うつ音《おと》に　ねざめの袖ぞ　ぬれまさる　衣はなにの　ゆゑとしらねど

（夜、衣を鞣《なめ》すために打つ音に目覚めた私の袖は、その物悲しい響きに、涙でいよいよ濡れています。どうしてか理由は知らないけれど。）

私と契り、また他の人とも契る恋。

たのめおきし　こよひはいかに　またれまし　ところたがへの　文みざりせば

（約束していた今夜がどんなに待たれたことでしょう。あやまって送られた他の人への手紙を見なかったならば。）

日中の恋。

契りおきし　ほどはちかくや　なりぬらむ　しをれにけりな　あさがほの花

（あの人が来ると約束した時間は近づいているのでしょうか。気付けば朝顔の花はもうしおれてしまいました。）

夜更けの春雨を聴いて。

ふくる夜の　ねざめさびしき　袖のうへを　音にもぬらす　春の雨かな

（夜更けにふと寝覚めると、寂しい袖の上をその音で濡らす春の雨です。）

雨中の草花。

すぎてゆく　人はつらしな　花すすき　まねく真袖に　雨はふりきて

（通り過ぎていく人は情け知らずなことです。そよぐ花薄《すすき》に雨が降りかかって濡れているように、あなたを招く私の袖も涙で濡れています。）

関を隔てた恋。

恋ひわびて　かくたまづさの　文字の関　いつかこゆべき　契りなるらむ

（恋いわびて書く恋文は、門司《もじ》の関を越えがたいように、あの人には届かない。いったいいつ関を越えて逢うことが叶うのでしょう。）

＊

ある人の娘に求婚した人が、婚礼は五月が過ぎたらと約束していたのに、焦ってこっそり通って来てしまったと噂になったことがありました。その人のもとへ、娘の親に代わって詠んだ歌。

みな月を　まてとちぎりし　若草を　むすびそめぬと　きくはまことか

（六月になるのを待てと約束した若草を、結び初《そ》めてしまったと聞いたが本当ですか。）

＊

中宮様の御所にお仕え申し上げている人が、中将藤原公衡《きんひら》様に一途に言い寄られ、悩ましく公衡様のことばかり考えてしまうと繰り返し憂いていらっしゃったので、秋の初めに次の歌をお贈りしました。

秋きては　いとどいかにか　しぐるらむ　色ふかげなる　人のことの葉

（秋が来て時雨《しぐれ》に紅葉が深まるように、どれほどのようにあなたの袖も涙で色が変わっていることでしょう。思いの深そうなあなたのお言葉から推察します。）

返歌

時わかぬ　袖のしぐれに　あきそひて　いかばかりなる　色とかはしる

（始終時雨《しぐ》れるように涙で袖を濡らしていたのに、秋の憂いまで加わって、どれほどの深い色に染まってしまったかおわかりでしょうか。あの人に飽きられた私がどれほどの思いかはおわかりにはならないでしょう。）

＊

中納言藤原兼光《かねみつ》様が、職事《しきじ》であったころ、椋《むく》の実を六つ包んで寄こした折に、「どう返事をしたらよいでしょう」と播磨内侍《はりまのないし》がおっしゃったので、

六《むつ》の道を　いとふ心の　むくいには　ほとけの国に　ゆかざらめやは

（六道(1)を嫌い、仏道修行に励む心の報いとして、仏の国に行けないことがありましょうか、いや行けますでしょう。）

（1）六道――地獄、餓鬼、畜生、修羅、人間、天上の六種の迷界。

二　資盛との恋

平清盛の孫である資盛と恋に落ち、悩みを抱えつつも、平家の人々と交流を深める。

そのころの平家御一門の隆盛は目覚ましく、六波羅入道《ろくはらにゅうどう》平清盛様が御出家なされた後に一族を束ねていらした御嫡子《ごちゃくし》の平重盛《しげもり》様は、御器量も政治的手腕もお人柄も大変優れた方でございました。

その小松のおとど平重盛様が菊合わせをなさったときに、人に代わって詠んだ歌。

うつしううる　宿のあるじも　この花も　ともにおいせぬ　秋ぞかさねん

（移し植えた宿の主人もこの花も、どちらも色あせることのない秋を重ね、お栄えになることでしょう。）

＊

同じ小松のおとど平重盛様が、大臣と近衛《このえ》大将を兼任されることになって、帝に拝賀の礼を申し上げなさったときに、弟の右大将平宗盛《むねもり》様がお供なさいましたが、そのご威光がすばらしく見えましたので、次の歌をお贈りしました。

いとどしく　さきそふ花の　梢かな　三笠の山に　枝をつらねて

（美しく咲きそろった花の梢であることです。三笠の山に枝が連なるように、重盛様、宗盛様ご兄弟が近衛の左右大将に並び立たれて、益々御一門はお栄えになるでしょう。）

＊

いつの年であったでしょうか、五節《ごせち》のころ、内裏近くで火事があり、すでに火の手も迫り危険でしたので、南殿《なでん》に手輿《たごし》を準備し、避難したことがございました。このような災害の最中でも、大将はじめ衛府《えふ》の司《つかさ》のご様子は、思い思いにすばらしく見え、不謹慎ではございますが、火事などという世間でよくある騒ぎでも、宮中以外ではこのようにうっとりすることはあるまいと思われ、忘れがたい経験です。「中宮様は手車でご移動なさるがよい」とのご指示があり、小松のおとど平重盛様が大将として、直衣《のうし》に矢を背負って中宮様の御座所へ参上なさいました。そのご立派な様子など、今でもはっきりと思い出されます。

雲のうへは　もゆる煙に　たちさわぐ　人のけしきも　目にとまるかな

（宮中では、燃える煙に立ち騒ぐ人の様子も華やかで目に留まることです。）

＊

「八島のおとど」などと近ごろは呼ばれていらっしゃる平宗盛様がまだ中納言でいらしたころ、私がほんの軽い気持ちで「五節の折に櫛《くし》をくださいませ」と申し上げておりましたら、くださるということで、紅の薄い紙に、蘆《あし》を分けて進む小舟の模様をつけた櫛を挟んで、次の歌を書いて私に寄こされました。あまりに立派なお品で躊躇《とまど》っておりますと、宗盛様は無理に押しつけていかれました。

あしわけの　さはるをぶねに　くれなゐの　深き心を　よするとをしれ

（蘆を分けて障害に遭いながら進む小舟に、紅のように燃えるあなたへの深い心を託していることを知ってください。）

返歌を白い薄紙に書いてお贈りしました。

あしわけて　心よせける　をぶねとも　くれなゐ深き　色にてぞしる

（蘆を分けて進む小舟のように、障害を越えて私に思いを寄せてくださっているという心の深さを紅の深い色で知りました。）

＊

殿方とのこのようなやりとりは、戯れに過ぎないものでございます。

私自身はとりたててこれということもなく、恋愛めいた歌を見たり、言い寄る男性の言葉を聞いたりしても、気にも留めずに過ごしながら、自分はおおかたの女性たちのように恋愛に深入りすることにはなるまいと思っておりました。そのような中、朝夕、女たちのように隔てなく交際して顔を見交わす男性が大勢いた中に、とりわけあれこれと言ってきた人がありました。他ならぬ平資盛《すけもり》様でございます。他人の色恋沙汰を見聞きしても、私にはあってはならないことだと思っておりましたが、前世からの因縁というのは逃れがたいもので、思いがけず深い関係となり、様々に思い乱れるようになりました。里下がりの

折、はるかに西の方を眺めやると、木々の梢が夕日の色に沈んで趣深く、また暗くなって時雨れるのを見るにつけても、

夕日うつる　梢の色の　しぐるるに　心もやがて　かきくらすかな

（夕日を映す梢の色が時雨れるとともに、私の心もすぐに暗く沈んでいくことです。）

＊

初めのころは、資盛様との関係が、普通にあることとも思われず、たいそう恥ずかしくて、朝夕見交わす傍らの女房たちに、まして殿方たちに知られてしまったならばどうしょうか、とばかり悲しく思われたので、手慰みに書いた歌は、

ちらすなよ　ちらさばいかが　つらからん　信夫《しのぶ》の山に　しのぶことの葉

（私の書いた手紙をうっかり人目に触れさせないでください。そんなことになったら、どれほど辛いことでしょう。人目を忍ぶ恋の言葉なのですから。）

恋路には　まよひいらじと　思ひしを　うき契りにも　ひかれぬるかな

（恋路には迷い入るまいと思っていたのに、辛い前世からの約束に惹かれてしまったことです。）

いくよしも　あらじと思ふ　かたにのみ　なぐさむれども　なほぞかなしき

（この命もあと何年もあるまい、と思うときだけは気が晴れますが、それでもやはり恋は悲しいことです。）

＊

秋の暮れ、中宮様の御座所のあたりで鳴いていた蟋蟀《きりぎりす》の声が聞こえなくなり、他の場所では聞こえるので、

とこなるる　枕のしたを　ふりすてて　秋をばしたふ　きりぎりすかな

（床《とこ》慣れた枕の下を振り捨てて、私に飽きて他所で秋を慕う蟋蟀よ。）

＊

いつもより思う事があるころ、薄《すすき》が露に濡れて袖を振っているように見えるのをぼんやりと眺めながら、

露のおく　をばなが袖を　ながむれば　たぐふ涙ぞ　やがてこぼるる

（涙で濡れた袖のような露を置く薄を眺めると、我が身と重ねて涙がすぐにこぼれ落ちることです。）

物思へ　なげけとなれる　ながめかな　たのめぬ秋の　ゆふぐれの空

（物思いせよ、嘆け、と言っているような眺めであることです。あの人の心と同じで頼みにならない秋の夕暮れの空は。）

＊

秋の月の明るい夜に詠んだ歌。

名にたかき　ふた夜のほかも　秋はただ　いつもみがける　月の色かな

（名高い八月十五日と九月十三日の二夜の月でなくとも、秋の月はただいつも磨いたように美しく輝いていることです。）

＊

何かと私に物思いさせた平資盛様が、殿上人《てんじょうびと》であったころ、父大臣平重盛様のお供で住吉神社に参詣《さんけい》され、都へ戻られた折、浜辺の形に作った盤に、貝などを色々に入れて贈ってくださいました。上には忘れ草を置き、歌の書かれた縹色《はなだいろ》の薄紙が結びつけてありました。

浦見ても　かひしなければ　住《すみ》の江《え》に　おふてふ草を　たづねてぞみる

（浦を見ても貝がないようにあなたを恨んでも甲斐がないので、あなたへの思いを忘れようと住の江に生えているという忘れ草を訪ねてみます。）

秋のことだったので、紅葉色の薄紙に返しの歌を書き付けてお贈りしました。

住の江の　草をば人の　心にて　われぞかひなき　身をうらみぬる

（住の江の草を勝手に人の心と決めつけられて、私はどうしようもないわが身を恨んでいます。）

＊

兄である法師で、特に頼りにしていた人が、山深いところで修行をして、都へも出てこなかったころ、雪が降ったので、

いかばかり　山路《やまぢ》の雪の　ふかからん　都の空も　かきくらすころ

（どれほど比叡《ひえ》の山路の雪は深いことでしょう。都の空もかき曇っているころは。）

＊

冬の夜、月が明るいときに、賀茂神社に詣でて、

神垣《かみがき》や　松のあらしも　おとさえて　霜にしもしく　冬の夜の月

（神社の境内《けいだい》の松に吹き込む嵐も音が冴えて、霜にさらに霜が積もったように輝く冬の夜の月です。）

＊

恋人が離れていくのは、恋の物思いから解放され、あながち辛いばかりではありませんが、互いに宮中勤めでなまじっかよく見かけてしまうのは、また悔しくも恨めしくもあり、さまざま思う事が多いものでした。年も明けて、いつのまにか訪れた春の景色も恨めしく、鶯《うぐいす》が訪れるにつけても、

もの思へば　心の春も　しらぬ身に　なにうぐひすの　つげにきつらむ

（物思いにふけって、心はちっとも春めいていない我が身に、どうして鶯は春を告げに来ているのでしょう。）

とにかくに　心をさらず　思ふことも　さてもと思へば　さらにこそ思へ

（あれこれと心を去らず悩ましいことも、思い切って忘れてしまおうと思うと、またさらに考えてしまうことです。）

＊

このころ、兄が亡くなり、せっかくの春だというのに、私の心はずっと打ち沈んだままなのでした。

亡くなった兄のために、阿弥陀経《あみだきょう》を書くにつけても、

まよふべき　闇もやかねて　はれぬらむ　かきおく文字の　法《のり》のひかりに

（兄が迷うであろう来世の闇も、あらかじめ晴れるでしょうか。私が写経する文字の仏法の御利益《ごりやく》の光で。）

＊

帝付きの女房や中宮様付きの女房が車に大勢乗り込み、近習《きんじゅ》の上達部《かんだちめ》や殿上人《てんじょうびと》を伴って、花見にお出かけになりましたが、私は具合が悪くご一緒しませんでした。すると小侍従《こじじゅう》から、桜の枝に添えて、紅の薄紙に書かれた次の歌が贈られてきました。

さそはれぬ　心のほどは　つらけれど　ひとり見るべき　花の色かは

（花見の誘いに乗らないあなたの気持ちは残念ですが、私たちだけで見るような桜の美しさではないので、一枝お贈りします。）

誘いを断ったのは風邪気味だったからなので、返歌として次のように申し上げました。

風をいとふ　花のあたりは　いかがとて　よそながらこそ　思ひやりつれ

（風を嫌う桜の花の辺りはどうでしょうかと、離れたところで思いやっていました。）

＊

一人、花を見て詠んだ歌。

数ならぬ　うき身も人に　おとらぬは　花見る春の　心ちなりけり

（物の数にも入らない辛いわが身であっても、他人に劣っていないのは桜の花を愛でる春の心です。）

＊

大炊御門《おおいのみかど》の斎院《さいいん》であられた式子内親王《しょくしないしんのう》様が、まだ本院にいらっしゃいましたころ、内親王様付きの女房である中将の君のもとから、「斎院御所の内の桜です」といって、折って

くださって、

しめのうちは　身をもくだかず　桜花　をしむこころを　神にまかせて

（斎院御所の内では、身を砕いて思い悩むこともありません。桜の花を惜しむ心を神に任せているので。）

返歌

しめのほかも　花としいはん　花はみな　神にまかせて　散らさずもがな

（斎院御所の外でも、桜という桜は、みな神にお任せして散らさずにいてほしいものです。）

＊

この中将の君に、平清経《きよつね》中将が言い寄っていると聞いておりましたが、ほどなくして、同じ斎宮付きの女房に思いが移ったと聞きましたので、手紙とともに中将の君に贈った歌。

袖の露や　いかがこぼるる　蘆垣《あしがき》を　吹きわたるなる　風のけしきに

（露のような袖の涙はどれほどこぼれていることでしょう。蘆の垣根を吹き渡っていく風のような、移り気な人の様子に。）

返歌

吹きわたる　風につけても　袖の露　みだれそめにし　ことぞくやしき

（吹き渡る風などに惑わされて、涙をこぼしてしまったことが悔しいことですよ。）

＊

恋人を思い出すという橘《たちばな》の花を見て、自分を思い出して欲しいと言ってあの人が使いを寄こされた、その返歌として詠んだ歌。

心ありて　みつとはなしに　たちばなの　にほひをあやな　袖にしめつる

（あなたに気持ちがあって見たわけではありませんが、橘の香りをなぜだか袖に染みこませました。）

＊

思いがけず資盛様と深い関係になってしまった後、何事も隠し事なくいましょうね、と約束していた人のもとへ、さすがに、こういうことになってしまいました、ともまた申し上げにくいものですが、他人からの噂で先に耳に入ったならば、どのようにお聞きになるだろうと思われたので、

夏衣　ひとへにたのむ　かひもなく　へだてけりとは　思はざらなむ

（夏衣の一重のように、ひとえにお頼み申し上げているのですが、その甲斐もなく、隔ててしまったとは思わないでください。）

さきの世の　契りにまくる　ならひをも　君はさすがに　思ひしるらむ

（前世の約束に負けるこの世の常をあなたはさすがに思い知っていることでしょう。）

＊

私は十六歳で中宮徳子様に出仕いたしましたが、その二年後、後ろ盾であった父藤原伊《これ》行《ゆき》を失いました。父は書家としても名の知れた人であり、私は書や和歌の才は父から、音楽の才は母から受け継いだものと思われます。

太皇太后宮《たいこうたいごうぐう》藤原多子《まさるこ》様から、趣深い絵などが中宮の御方へ贈られてきた中に、昔、ある人が、亡父藤原伊行の元で手習いをしていた折に、父に賛を書かせた絵がまじっておりました。たいへんしみじみ懐かしく思われて、

めぐりきて　みるにたもとを　ぬらすかな　絵島にとめし　みづぐきのあと

（巡り来て、見ると涙がこぼれ落ちることです。絵島に書きとめた亡き父の文字の跡は。）

＊

四月ころ、親しい人を伴って、山里に滞在していたときに、ほととぎすがつねに鳴いていたので、

都人《みやこびと》　まつらん物を　ほととぎす　なきふるしつる　みやまべのさと

（都人は初音を待っているでしょうに。山辺《やまべ》の里では、ほととぎすがすっかり鳴き古してしまいました。）

＊

橘の花が、雨が晴れて風に匂ったので、

たちばなの　花こそいとど　かをるなれ　風まぜにふる　雨のゆふぐれ

（橘の花がたいそう香っています。風混じりに降る雨の夕暮れに。）

＊

五月五日は菖蒲《しょうぶ》（あやめ）の節句。邪気を祓《はら》い、また長寿を願うまじないとして薬玉《くすだま》や菖蒲の根を贈り合うのが慣例でございました。この日、宮《みや》の権大夫《ごんのだいぶ》平時忠《ときただ》様のもとより、薬玉を蒔絵《まきえ》の模様にした箱の蓋《ふた》に、菖蒲の薄紙を敷いて、同じ色の薄紙に次の歌を書き、それはそれは長く伸びた根を載せて中宮様に献上品がございました。

君が代に　ひきくらぶれば　あやめ草　ながしてふ根も　あかずぞありける

（君が代に比べてみると、あやめ草の長いという根もまだまだ不十分なことです。）

返歌を代詠し、花橘の薄紙に書いてお贈りしました。

心ざし　深くぞみゆる　あやめ草　ながきためしに　ひける根なれば

（あなた様の志が深く見えます。あやめ草は寿命の長い例として使われる根ですので。）

＊

嘆くことがあって籠もっていたところに、菖蒲の根を贈って寄こした人に、

あやめふく　月日も思ひ　わかぬまに　けふをいつかと　君ぞしらする

（菖蒲を葺《ふ》く月日もわからない間に、今日がいつであるか、五月五日であることをあなたが知らせてくれました。）

＊

藤原成親《なりちか》大納言の女《むすめぎみ》君で権亮《ごんのすけ》平維盛《これもり》様の北の方であった人は、知る縁があったところから、薬玉をよこされて、

君に思ひ　深き江にこそ　ひきつれど　あやめの草の　ねこそ浅けれ

（あなたを思い、深い入江で根を引いたけれど、私の思いに比べ、あやめの草の根は浅く短いものです。）

返歌

ひく人の　なさけも深き　江に生《お》ふる　あやめぞ袖に　かけてかひある

（深い入江に生えていたと思われるこのあやめは、袖にかけて甲斐があるほど長く、引いた人の情けも深いことが感じられます。）

＊

硯に向かったついでの手習いに、

あはれなり　身のうきにのみ　根をとめて　たもとにかかる　あやめと思へば

（しみじみ辛いことです。泥水の中で根を伸ばし、五月の節句に袂《たもと》に掛けられるあやめのように、身の憂さばかりに泣かれて涙で袖を濡らす我が身を思うと。）

＊

三位中将平維盛様の北の方のもとより、紅葉に付けて、青紅葉の薄紙に、

君ゆゑは　をしき軒端《のきば》の　もみぢをも　をしからでこそ　かくたをりつれ

（あなたのためなら、惜しい軒端の紅葉をも惜しまず、このように手折《たお》ったことですよ。）

返歌は紅の薄紙にしたためました。

われゆゑに　君がをりける　もみぢこそ　なべての色に　色そへてみれ

（紅葉は普通に美しいものですが、私のためにあなたが折った紅葉は、いっそう美しさを添えて見えます。）

＊

平忠度朝臣《ただのりあそん》が、西山の紅葉を見たといって、非常に美しい枝を寄こされました。そこに

結びつけてあった歌。

君に思ひ　深きみ山の　もみぢをば　嵐のひまに　をりぞしらする

（あなたを思い、深い山の紅葉を嵐の間に折って、紅葉の時節とあなたへの思いの深さをお知らせします。）

返歌

おぼつかな　をりこそしらね　たれに思ひ　深きみ山の　もみぢなるらむ

（はっきりしないことです。時節の方はわかりませんが、誰を思って折った深い山の紅葉なのでしょう。）

＊

御匣殿《みくしげどの》が里に長く下がっていらっしゃったころ、弁《べん》の殿《との》が、そのお里へ参上して、お帰

りになったとき、「どうしてこのついでに手紙を書いてくださらないの」と御匣殿が私におっしゃったというので、

なほざりに　思ひしもせぬ　ことの葉を　風のたよりに　いかが散らさん

（いい加減に思ってはいないので、言葉を風の便りにどうして書き散らしましょうか。そんなに軽々しくお手紙は書けませんよ。）

＊

身分が高く中宮様のお側近くにお仕えする人で、とりわけ仲の良かった女房がいました。私がお慕いしている資盛様の兄である平維盛様は、中宮様の縁故ある人であるうえに、中宮職の役人でもあり、特に常にお仕えしている人でしたので、この女房に忍んで心を交わし、互いに思い合っていないわけでもないと見えました。しかしながら、そこは世の習いで、女性の方が悩むようになったのを、はっきりではありませんが察せられましたので、その様子を知らせたくて、男性のもとに次の歌をお贈りしました。

よそにても　契りあはれに　みる人を　つらきめみせば　いかにうからん

（傍目にも、あなたとの宿縁が深く見える人に、辛い目を見せたならば、どれほど悲しいことでしょう。）

たちかへる　なごりこそとは　いはずとも　枕もいかに　君をまつらん

（戻っていくのが名残惜しいとは言わなくても、枕もどれほどあなたを待っていることでしょう。）

おきてゆく　人のなごりや　をしあけの　月かげしろし　みちしばの露

（女を置いて起きて出ていく人の名残を惜しむのでしょうか。戸を押し開け見送る人の涙にも似た、夜明け方の月の光に輝く白い道柴の露は。）

お返事に「なんとまあこざかしいこと。といってもこのように歌を詠むことも不似合い

な身には言葉もないことだ」とおっしゃって、

わがおもひ　人の心を　おしはかり　なにとさまざま　君なげくらむ

（私の思いやあの人の心をおしはかり、どうしてあれこれとあなたが嘆くのですか。）

枕にも　人にも心　思ひつけて　なごりよなにと　君ぞいひなす

（枕にも人にも心をおしつけて、名残惜しいのなんのと、どうしてあなたは言うのですか。）

あけがたの　月をたもとに　やどしつつ　かへさの袖は　我ぞつゆけき

（明け方の月を袂に宿しながら帰る袖は私の涙で濡れていますよ。）

＊

また、「月の前の恋」、「月の前の祝」ということを人が詠ませたときに詠んだ歌。

千代の秋　すむべき空の　月もなほ　こよひの影や　ためしなるらむ

（この後幾千年も栄える御代の秋に澄み渡るであろう空の月も、やはり今夜の光が澄んだ月の例となるのでしょう。それほど今夜の月は美しく澄み渡っています。）

つれもなき　人ぞなさけも　しらせける　ぬれずは袖に　月をみましや

（つれない人が、かえって情趣を知らせてくれたことです。涙で濡れなければ、袖に月を見ることもなかったでしょう。）

＊

縁のある人が、私が風邪をひいたのを見舞ってくださったお返しに詠んだ歌。

なさけおく　ことの葉ごとに　身にしみて　涙の露ぞ　いとどこぼるる

（私に情けをかけてくれるあなたの言葉が身にしみて、涙の露をたいそうこぼしてしまうことです。）

＊

中宮徳子様が帝の元へ参上なさるお供をして帰って来た女房たちと、おしゃべりしているうちに、灯りも消えてしまいましたが、炭櫃《すびつ》の埋《うず》み火《び》をかきおこして、気の合った者四人ほどで、「様々な心の悩みを包み隠さず打ち明け合いましょう」などと言って話し込むことがありました。思い思いに心の底で思っていることは、平素、表だって口に出さないことが私の心にもひしひしと感じられて、感慨深く思われました。

思ふどち　夜半《よは》のうづみ火　かきおこし　闇のうつつに　まどゐをぞする

（思う事を、夜半のうづみ火をかきおこし、夢のような闇の中で車座に語り合っていることです。）

たれもその　心のそこは　かずかずに　いひはてねども　しるくぞありける

（誰もその心の底は一つ一つ言い果てることはありませんが、親しい者同士、心の内は手に取るようにわかるものです。）

などと思い続けていると、宮《みや》の亮《すけ》平重衡《しげひら》様が、「内裏の宿直《とのい》の番にお仕えしていました」と言って入ってこられて、いつものように冗談めいたことや本当らしいことも様々面白くお話しなさって、私も他の人もひとしきり笑っておりました。しまいには恐ろしいお話などなさって怖がらせるので、真剣にみな、冷や汗などかきながら、「今は聞きません。またあとで」と申し上げます。それでもなお話し続けるので、しまいに衣を引き被って、「聞きません」と寝てしまってから心に思うことは、

あだごとに　ただいふ人の　物がたり　それだに心　まどひぬるかな

（ただたわむれで言う人の物語、それでさえ恐ろしさで心惑うことですよ。）

鬼をげに　みぬだにいたく　おそろしきに　後の世をこそ　思ひしりぬれ

(鬼を本当に見なくてさえたいそう恐ろしいのに、鬼に責められるという後の世の恐ろしさを思い知ることです。)

*

この重衡様も冗談めかして、「恋人の縁者をどうして袖にするのか。ただ資盛と同じだと思いなさい」と、常におっしゃるので、

ぬれそめし　袖だにあるを　同じ野の　露をばさのみ　いかがわくべき

(涙で濡れ始めた袖さえあるのに、どうして同じ野の露に分け入ることができるでしょうか。資盛様との恋でさえ、辛く涙で袖を濡らしているのに、同門のあなた様との恋路に分け入ることなどできません。)

と大抵は、思わせぶりに言いかわして、「いつまでもこのような関係でいましょう」とおっしゃったので、

忘れ路《じ》の　契りたがはぬ　世なりせば　たのみやせまし　君がひとこと

（「あなたを忘れることはないですよ」と言う約束の違わない男女の仲であったなら頼みにしますのに。あなたの一言を。）

＊

中宮様のご実家ということもあり、平家一門の方々とはこのように特に親しく交際させていただいておりました。

春ごろ、中宮様が西八条のご実家へおいでになったとき、当然、参上する人はもちろんのことで、ご兄弟、甥御様たちなど、みな順番にいらして、二、三人は絶えずお側にお仕えなさっていましたが、「桜が満開で月も明るいこのような夜を、ただ何もせず明かせようか」ということで、権亮平維盛様が朗詠し、笛を吹き、平経正《つねまさ》様が琵琶を弾き、御簾《みす》の内でも私が琴をかき合わせなどして、風流に合奏しておりました。そこへ、内裏より帝からのお手紙を持って参られた隆房《たかふさ》少将も加わって、さまざまに管弦の遊びを尽くし、その後はよもやま話などして、明け方まで景色を眺めて過ごしておりました。散る桜も散らぬ桜も同じ美しさで、月も桜とひとつになったように霞み合いつつ、次第に白んでいく山際は、いつも以上に、言いようもなく趣深いものでございました。中宮様からの返歌をいただいて、隆房様が退出されようとしたのを、ただ帰してはと思い、扇の端を折って歌を書いて差し上げました。

かくまでの　なさけつくさで　おほかたに　花と月とを　ただ見ましだに

（これほどの風流を尽くさないで、普通に花と月をただ見てさえ趣深いものですのに、今夜は本当に趣深い夜です。）

少将殿は恥ずかしいほど何度も私の歌を朗詠し、硯を持ってこさせて、「この座にいる人々は何かしら、みな歌を書きなさい」と言って、ご自分の扇に返歌をお書きになりました。

かたがたに　わすらるまじき　こよひをば　たれも心に　とどめて思へ

（あれこれと忘れることのできないこの夜のことを、みな心に留めて思いなさい。）

権亮維盛様は、「歌もよく詠めない者はどうしたらよいであろうか」とおっしゃっていましたが、なおせっつかれて、

心とむな　思ひ出でそと　いはんだに　こよひをいかが　やすく忘れん

（心に留めるな、思い出すなと言われても、楽しかった今夜をどうして簡単に忘れようか。）

経正朝臣が、

うれしくも　こよひの友の　数にいりて　しのばれしのぶ　つまとなるべき

（うれしいことに、私も今夜の友の数に入って、忍ばれ忍ぶきっかけとなることだろう。）

と申し上げたのに対し、「自分が、特別に思い出されるだろうと自惚れていますよ」など

と、この座の人々が笑われたので、「いつ、そんなふうに申しましたか」と経正様が反論なさったのも、面白いことでした。

『源氏物語』の六条邸での雅を思わせるような平家御一門の栄華でございました。しかし、武士階級であった平家の方々が政治の要職を独占し、権勢を振るうことに対して、一矢報いようと不穏な動きをお見せになる方々もいらっしゃるのでした。

＊

藤原成親《なりちか》大納言が、鹿ヶ谷《ししがたに》の陰謀の露見により、遠い所へ下られてしまった後、その北の方であった後白河院京極殿《きょうごくどの》のもとへ贈った歌。

いかばかり　枕のしたも　こほるらむ　なべての袖も　さゆるこのごろ

（どれほどあなたの涙で枕の下も凍っていることでしょう。普通の袖も冷えてしまうような寒いこのごろでは。）

旅衣　たちわかれにし　あとの袖　もろき涙の　露やひまなき

（旅衣を着て別れてしまった人を見送った後のあなたの袖は、涙もろくなって絶え間なく濡れていることでしょう。）

京極殿からの返歌。

床《とこ》のうへも　袖も涙の　つららにて　あかす思ひの　やるかたもなし

（床の上も袖の涙も寒さでつららのようになり、夜を明かす私の思いは持っていくやり場もありません。）

日にそへて　あれゆく宿を　思ひやれ　人をしのぶの　露にやつれて

（日ごとに荒れていく私の家を思いやってください。あの人をしのぶ涙にやつれ、忍ぶ草も露にしおれています。）

＊

朝廷のご決定で遠くへ行く人が、どこそこに昨夜は泊まるなどと聞いたので、その縁者のもとへ贈った歌。

ふしなれぬ　野路《のぢ》の篠原《しのはら》　いかならむ　思ひやるだに　露けきものを

（泊り慣れない野路の篠原はどうでしょうか。思いやることでさえ涙で露のように濡れてしまいますのに、ましてご本人の袖は夜露や涙でどれほど濡れていることでしょう。）

三　隆信との逢瀬

年若く身分も高い資盛とのままならぬ恋に悩み、年長で世慣れた藤原隆信と関係を持つようになる。やがて宮中を去ることとなり、隆信との関係も解消される。

そのころ、思いがけないところで、他の人よりも色を好むと聞く人が、私が風流人の尼君とおしゃべりしながら夜を過ごしていたところ、近くに人がいる気配がはっきりとしたのでしょうか、頃は四月の十日でございましたが、「月の光もほの暗くては、私たちの様子は他人からは見えますまい」などと言って、歌を添えて言い寄ってこられました。その人はなにがしの宰相《さいしょう》中将藤原隆信《たかのぶ》様だといいます。

思ひわく　かたもなぎさに　よる波の　いとかく袖を　ぬらすべしやは

(思いを寄せる人もいない渚に寄せる波が、こんなにも私の袖を濡らすだろうか、いや濡らしはしまい。あなたに寄せる思いの辛さで濡れているのですよ。)

と言ってきたことに対する返事の歌。

思ひわかで　なにとなぎさの　波ならば　ぬるらむ袖の　ゆゑもあらじを

（分別もなく、誰にでも打ち寄せる渚の波であるならば、濡れている袖の理由は私ではないでしょうね。）

もしほくむ　あまの袖にぞ　沖つ波　心をよせて　くだくとはみし

（藻塩をくむ海女の袖に沖の波が寄せて砕けるように、あなたが心を寄せているのは尼君の方とみました。）

また、その返しの歌。

君にのみ　わきて心の　よる波は　あまの磯屋に　たちもとまらず

（君にだけ特別に心を寄せる波は、海女の磯屋に立ち止まることはないですよ。）

＊

何ということもなかったことがきっかけで、隆信様は真心ありそうに言い寄ってこられましたが、世の常のように恋愛には陥るまいとばかり思っていたので、心強く断り続けて過ごしておりましたが、そのような中、私と資盛様の関係を、はやくも詳しく聞きつけられたようです。さて、そのことをほのめかして、

浦やまし　いかなる風の　なさけにて　たくもの煙　うちなびきけん

（うらやましいことです。どんな風の情けで、焚く藻の煙はなびいたのだろう。）

返歌

きえぬべき　煙のするゑは　浦風に　なびきもせずて　ただよふものを

（消えてしまいそうな煙の先は、浦風になびきもしないで漂っていますのに。）

＊

また同じことを言って、

あはれのみ　深くかくべき　我をおきて　たれに心を　かはすなるらむ

(情愛を深くかけるべき私をおいて、あなたは誰に心を交わしているのだろう。)

返歌

人わかず　あはれをかはす　あだ人に　なさけしりても　みえじとぞ思ふ

(誰彼構わず情愛を交わす浮気っぽい人には、気持ちがあっても逢うことはしないでおこうと思います。)

＊

葵祭の日に、同じ隆信様から、

ゆくすゑを　神にかけても　祈るかな　あふひてふ名を　あらましにして

（二人の行く末を神にかけて祈っていることですよ。「葵《あふひ》」の「逢ふ日」という名を頼みにして。）

返歌

もろかづら　その名をかけて　祈るとも　神の心に　うけじとぞ思ふ

（桂《かつら》の枝に葵の葉をつけた「もろかづら」の名をかけて祈ったとしても、神様の心には響かないと思いますよ。）

＊

このようにしていつまでも歌のやりとりだけではぐらかし続けるわけにもいかず、また父を失って後ろ盾の無い私は、資盛様を慕いつつも、年長けた隆信様に心惹かれるところもあったのでございます。近しい人からも、「いずれ正妻にしていただければ、あなたの身も安泰ですよ」などという勧めもあり、心が揺れて、ついに、男女の関を越えてしまいました。そのことを、返す返す後悔していたころの歌。

こえぬれば　くやしかりける　逢坂を　なにゆゑにかは　ふみはじめけむ

（越えてしまえば後悔しきりの逢坂の関を、どうして踏み始めてしまったのでしょう。踏み越えなければよかった。）

＊

車を寄こされては、隆信様の元へ行きなどしていましたが、「正妻がはっきりと決まるようですよ」などという噂が私の耳にも入ってきました。隆信様からは何も聞かされず、一夜を過ごした後、使い慣れたその枕元に、硯が見えたのを引き寄せて、歌を書き付けました。

たれが香に　思ひうつると　忘るなよ　よなよななれし　枕ばかりは

（誰かの香りに思いが移ったからといって忘れないでください。夜な夜な使い慣れた枕だけは。）

私が帰ってから見つけたといって、すぐにあの方から返歌が贈られてきました。

心にも　そでにもとまる　うつり香を　枕にのみや　ちぎりおくべき

（私の心にも袖にも留まるうつり香を、あなたは枕にだけ「忘れないで」と約束しておくのでしょうか。）

＊

同じころ、隆信様と夜の床でほととぎすの鳴き声をともに聞くことがありました。一人寝の折、目を覚まし、あの夜と変わらない声でほととぎすが過ぎ去ったのを耳にしましたので、その翌朝、手紙を書くついでに、

もろともに　ことかたらひし　あけぼのに　かはらざりつる　ほととぎすかな

（一緒に語らった朝と変わらないほととぎすの声が聞こえています。）

返歌に、「私も思い出していましたよ」などと、見え見えの嘘を書き添えて、

思ひいでて　ねざめし床《とこ》の　あはれをも　ゆきてつげける　ほととぎすかな

（それは、あなたのことを思い出して目覚めてしまった私の思いを、行って告げてくれたほととぎすですよ。）

＊

資盛様や隆信様とのことが、宮中でも噂になり、ちょうどそのころ、母の具合が悪かったこともあって、出仕を解いていただいたのでした。しかし、宮中で絶えず顔を合わせていたのとは違い、来てくださるのを待ちわびる生活もまた苦しいものでした。

人の心が思うようにもならなかったので、すべて、互いに知られず知らない昔になし果

てしまいたいなどと思っていたころ詠んだ歌。

つねよりも　おもかげにたつ　ゆふべかな　今やかぎりと　思ひなるにも

（いつもより面影が思い出されてしまう夕べであることです。今を限りに互いに知らない者同士に戻りたいと思うにつけても。）

よしさらば　さてやまばやと　思ふより　心よわさの　またまさるかな

（さあそれならば、もうやめてしまおうと思うよりすぐに、心弱さがまさってあの人を思い出してしまうことです。）

＊

同じことをあれこれ思って、月の明るい夜、部屋の端の方でぼんやりと月を眺めておりましたが、むら雲が晴れるだろうかと見るにつけても、

みるままに　雲ははれゆく　月かげも　心にかかる　人ゆゑになほ

（見ている間に雲が晴れていく月の姿も、心にかかる人故に、私の心を映してなお晴れずにいます。）

＊

たいそう長いことあの人が訪れてくれなかったころ、夜深くに目覚めてあれこれと物を思うと、思わず涙がこぼれてしまったのでしょうか、朝見ると、縹色《はなだいろ》の薄様《うすよう》の枕がことのほか色が変わっていたので、

うつり香も　おつる涙に　すすがれて　かたみにすべき　色だにもなし

（うつり香も落ちる涙にそそがれて、形見にすべき色さえもありません。）

＊

本意ではありませんでしたが、中宮様の御所に参上しなくなり、いつものように月を眺

めて夜を明かしていると、いくら見ても見飽きなかった中宮様の面影が思い出され、「驚きあきれることに、このようにお目にかかることがなくても時は過ぎてしまうのだわ」と、涙ながらに恋しく思い申し上げて、

恋ひわぶる　心をやみに　くらませて　秋のみやまに　月はすむらん

（恋わびて私の心は闇に落ちていますが、中宮御所に月は美しく澄んでいることでしょう。）

＊

そのころ、使わずに塵が積もっていた琴を、「弾かないで長い月日が経ってしまった」と、見るとしみじみした気持ちになって、中宮様の御所で、常に近くでお仕えしていた人の笛に合わせて演奏したことがたいそう恋しく思われます。

をりをりの　その笛竹の　おとたえて　すさびしことの　ゆくへしられず

（折々のその竹笛の音が絶えて、私はこの琴をどう弾き遊《すさ》んだらよいかわかりません。）

＊

中宮様の御産《ごさん》など、めでたく聞き申し上げ、喜びの涙とともに過ごしておりましたが、皇子様がお生まれになって、春宮《とうぐう》にお立ちになったとお聞きしても、中宮様のことが思い続けられました。

雲のよそに　きくぞかなしき　昔ならば　たちまじらまし　春の都を

（内裏の外で聞くのが悲しいことです。昔ならば、春の都のように華やぐ内裏で、他の人に交じって立ち働いていたでしょうに。）

＊

隣の家から、「庭火《にわび》」の笛の音がするにつけても、毎年の内侍所《ないしどころ》の御神楽《みかぐら》での、平維盛少将、藤原泰通《やすみち》中将などが奏でられた趣深い音色がまず思い出されます。

きくからに　いとど昔の　こひしくて　庭火の笛の　ねにぞなくなる

（聞くとすぐに、たいそう昔が恋しくて、「庭火」の笛の音に涙してしまうようです。）

＊

隆信様からは、またしばらく連絡もなく、ようやく手紙がこまごまとあった返事に、どうしたことか、たいそう心が乱れて、ただ目にした橘の花を、一枝包んで贈ったところ、「意味がよくわかりませんね」と言って歌が返ってきました。

昔思ふ　にほひかなにぞ　をぐるまに　いれしたぐひの　我が身ならぬに

（昔を思う匂いか何かですか。それとも他に意味があるのですか。私は、女性たちから車に橘を投げ入れられたという晋《しん》の美男子ではありませんよ。）

返歌

わびつつは　かさねし袖の　うつり香に　思ひよそへて　をりしたちばな

(逢うことをわびしく思いながら重ねた袖の移り香に、思いなぞらえて折った橘ですよ。)

「さつき待つ花橘の香をかげば昔の人の袖の香ぞする」という、あの有名な古歌になぞらえて、私のことも思い出して欲しいと贈っただけなのに、多くの女性たちと関係を持つ自分への嫉妬心の表れであるかのように勘ぐる隆信様が憎らしく、このような可愛げのない歌を返して、ますますあの方のお心を遠ざけてしまうのでした。

＊

その後も隆信様とは絶え間が長くなっておりましたが、思い出したように迎えが来たので、「無視しようか」と随分迷いましたが、心弱くて訪ねたところ、私が車から降りるのを見て、「生きていたのだね」とおっしゃったのを聞き、心にふと浮かんだ歌。

ありけりと　いふにつらさの　まさるかな　なきになしつつ　すぐしつるほど

(「生きていたのだね」と言うその言葉に辛さがまさることです。あなたが私をいないものとして過ごしていることが思われて。）

資盛様という思い人がありながらも、隆信様との関係に我が身の拠り所を求めておりましたのに、その隆信様との恋も所詮あちらにとっては一時の気まぐれ。狂おしい気持ちでいたのは私ばかりでございました。つくづくと我が身の浅はかさを思い知ったのです。

四　再燃する資盛への思い

互いの親の死や政治情勢の不安、宮中を離れた寂しい暮らしの中、資盛への恋心が再燃していく。

資盛様を夢にいつもいつも見ていたのを「心が通っているわけはあるまいに、不思議なことです」とお便り申し上げた返事に、

かよひける　心のほどは　夜をかさね　みゆらむ夢に　おもひあはせよ

（通じ合っている心の深さは、夜を重ね見ているという夢に思い合わせなさい。）

返歌

げにもその　心のほどや　みえつらむ　夢にもつらき　けしきなりつる

（本当にその心の内が見えたのでしょうか。夢でもあなたは冷たいご様子でしたよ。）

＊

山里にある住まいにおりました時、美しい明け方に起き出して、前庭近くの垣根に咲いていた朝顔を、「美しく咲くのもほんの一瞬なのは哀れなことだわ」と見ていたことも、ついこの間のような気持ちがしますが、「私のことも、花は、同じように儚《はかな》いものと思っていたのでしょうが、私の身の上は世間並みの儚いためしではなかったのだわ」と、あれこれ思い続けられてしまうことばかりです。

身のうへを　げにしらでこそ　あさがほの　花をほどなき　ものといひけめ

（自分の身の上を本当に知らないからこそ、朝顔の花を短い命などと言ったのでしょう。）

有明の　月にあさがほ　みしをりも　忘れがたきを　いかで忘れん

（有明の月に朝顔を見た時のことも、あの人との忘れがたい思い出です。それをどうやって忘れましょうか。忘れることなどできそうにありません。）

＊

どうしようもないことばかりを思うころ、なんとかしてこのような状態から脱したいと思いますがどうしようもなく、辛くて、

思ひかへす　みちをしらばや　恋の山《やま》　は山《やま》しげ山《やま》　わけいりし身に

（思い返す道を知りたいものです。恋の山の麓《ふもと》から奥山に分け入ってしまった身には。）

＊

どこからか経を読む声がかすかに聞こえてくるのも、たいそう世の中がしみじみと物悲しく思われて、

まよひいりし　恋路くやしき　をりにしも　すすめがほなる　法《のり》の声かな

（迷い入った恋路が悔やまれる時に、ちょうど仏の道を勧めるように聞こえる読経の声です。）

＊

資盛様が、父大臣平重盛様のお供で熊野に参詣すると聞きましたが、お帰りになっても
しばらく連絡がなかったので、

わするとは　きくともいかが　み熊野の　浦のはまゆふ　うらみかさねん

（古歌[2]にあるように、人は忘れられたと聞けば恨むものですが、私は忘れてしまったと聞
いたとしても、どうして恨みを重ねるでしょうか。あなたを恨むことなどありませんよ。）

などと今さら思うのも、たいそうみっともないことです。昨年、難波の方から帰った時は
すぐに訪ねてきてくださったことなどが思い出されて、

沖つ波　かへれば音は　せし物を　いかなる袖の　うらによるらむ

（沖の波は寄せて返せば音がするのに、あなたは私には音沙汰なくて、どんな袖の浦に、い

ったい誰の所に寄っているのでしょうか。）

＊

いつも眺めている方向には、常緑樹が生い茂っていて森のようで、空もはっきりと見えないのも、心が慰められる術もありません。

ながむべき　空もさだかに　みえぬまで　しげきなげきも　かなしかりけり

（眺めるべき空もはっきりと見えないほど生い茂り重なった木々のように、私の嘆きも重なり、悲しいことです。）

＊

東の方は長楽寺の山の上が眺め渡せるので、親しかった人を火葬した山の峰や墓が見えるのもしみじみ感慨深いことですが、眺めていると、すぐに曇って山も見えず、雲が覆ってしまったのも、たいそう物悲しい。

ながめいづる　そなたの山の　木ずゑさへ　ただともすれば　かきくもるらむ
（眺めやるあちらの山の梢までもどうかするとかき曇ってしまうのは、私の涙のせいでしょうか。）

＊

宮中も遠くなり、その後もなお時々訪ねてきてくれた人を頼りにするわけではありませんが、さすがに訪ねてきてくださらないのは辛く、さりとて、おいでになればそれはそれで煩わしいという中途半端な状態で過ごしておりました。かえってつまらない思いばかりが増すので、以前とは恋人との関係が変わってしまったような気持ちがして、試してみようと思い、他所へ移る決意をいたします。古い手紙などを取って整理していると、「どのような世になっても心変わりするまい」などということを、あの人が繰り返し書き綴った言葉が目に止まり、その手紙の端に書き付けた歌。

ながれてと　たのめしことも　みづぐきの　かきたえぬべき　あとのかなしさ

（命長らえる限りと頼りにしたことも、手紙の絶えてしまいそうな後の悲しさです。）

＊

宮にお仕えする人で、つね日ごろ言葉を交わす人が、「それにしても、その人はこのごろはどうしているの」と言ってきた返事のついでに、

雲のうへを　よそになりにし　うき身には　ふきかふ風の　音もきこえず

（宮中が遠くなってしまった辛い我が身には、吹き通う風の音も、男の噂も聞こえてはきません。）

＊

そのころ、資盛様の父であり、平家一門の支柱であった小松のおとど平重盛様がお亡くなりになり、栄華を極めた御一門にも翳りが見え始めるのでございました。

喪に服している資盛様を弔おうと詠んだ歌。

あはれとも　思ひしらなん　君ゆゑに　よそのなげきの　露もふかきを

（哀れと思ってください。あなただから、私がよそながら嘆き、涙を流して深く沈んでいることを。）

＊

小松のおとど平重盛様がお亡くなりになって後、その北の方のもとへ、十月ころにお見舞い申し上げました。

かきくらす　夜の雨にも　色かはる　袖のしぐれを　思ひこそやれ

（空一面を暗くする夜の雨が降るにつけても、色が変わるほどあなたの袖は涙でどれほど濡れているか、思いやっています。）

とまるらむ　古き枕に　塵《ちり》はゐて　はらはむ床《とこ》を　思ひこそやれ

（時がとまっているような古い枕に積もった塵を払う、寂しいあなたの床を思いやっています。）

返歌

おとづるる　しぐれは袖に　あらそひて　なくなくあかす　夜半《よは》ぞかなしき

（訪れる時雨は、袖に私の涙と争うように落ちて、泣く泣く明かす夜が悲しいことです。）

みがきこし　たまの夜床《よどこ》に　塵つみて　古き枕を　みるぞかなしき

（磨いてきた美しい夜の床に塵が積もり、古い枕をみると悲しいことです。）

＊

治承《じしょう》（一一七七―一一八一年）などのころであったでしょうか、秋の豊明《とよのあかり》の節会《せちえ》(3)のころ、上西門院統子内親王《じょうさいもんいんむねこないしんのう》様の女房が物見遊山に車二台ほどでお出かけになりましたが、みなお召し物も色とりどりに艶やかに見えた中に、小宰相殿《こざいしょう》とおっしゃった方で、髪は額のかかり具合まで特別に目がとまる美しさであった人がおられました。この小宰相殿に長年思いを寄せていた人が、平通盛朝臣《みちもりあそん》に小宰相殿をとられて嘆いていると聞き、そのように思うのも道理と思われたので、その人の元へ歌をお贈りしました。

さこそげに　君なげくらめ　心そめし　山のもみぢを　人にをられて

（さぞかし本当にあなたは嘆いておられるのでしょう。心を染めていた山の紅葉を他人に折られてしまって。）

返歌

なにかげに　人のをりける　もみぢ葉を　こころうつして　思ひそめけん

（どうして本当に、他人が折ってしまった紅葉の葉を、心を移して思い初《そ》めてしまったのだろう。）

このようなやりとりをしていた時は、よくある色恋沙汰と思っておりましたが、その通盛様のために小宰相殿が亡くなってしまったと聞き、これほど哀れなことはなかったので、あの時、もし小宰相殿に袖にされ嘆いていた方に折られていたならば、小宰相殿も絶命なさることもなかったでしょう。返す返す例のない契りの深さは言いようもありません。

＊

おおよその身の振り方も、置き所がないのに加えて、心の中もいつも物悲しくてぼんやりと過ごしておりましたころ、季節は秋へと移ってまいります。風の音はただでさえ身にしみるのに、たとえようもなく物思いが深くなり、七夕の空を見ても、しみじみとして詠んだ歌。

つくづくと　ながめすぐして　星合の　空をかはらず　ながめつるかな

（つくづくと物思いにふけりながら過ごして、七夕の空を変わらず眺めていることですよ。）

＊

西山という所に住んでいたころ、忙しさにかこつけてでしょうか、資盛様からは久しく連絡もありません。枯れた花があったので、ふと、

とはれぬは　いくかぞとだに　かぞへぬに　花の姿ぞ　しらせがほなる

（訪れがないのはこれで何日かとさえ数えてはいないのに、枯れた花の姿がそれを知らせてくれているようです。）

この花は、十日あまり前に見えた折に、折って持ってこられた枝を、帰られる時、簾《すだれ》に挿していかれたものでございました。

あはれにも　つらくも物ぞ　思はるる　のがれざりける　よよの契りに

（哀れにも辛くも物が思われることです。逃れることができない前世からの宿縁に。）

＊

知っている人で出家した人が、「訪ねましょう」と言って、その後連絡も寄こさないので、

たのめつつ　こぬいつはりの　つもるかな　まことの道に　いりし人さへ

（約束していて来ない偽りが積もっていくことですね。真の仏の道に入った人でさえ。）

＊

庭の前の垣根に、葛が這いかかり、小笹が風になびくのを見て、

山里は　玉まく葛《くず》の　うら見えて　小笹《こざさ》が原《はら》に　秋のはつかぜ

（山里では玉を巻いたような葛の葉が、人に飽きられて恨むように裏がみえて、小笹の原に秋の初風が吹いていています。）

＊

月の夜、いつもの思いがわいてきて、

おもかげを　心にこめて　ながむれば　しのびがたくも　すめる月かな

（あの人の面影を心に秘めて眺めると、偲びがたいほど美しく澄んだ月であることよ。）

＊

宮にお仕えした源雅頼《まさより》中納言の娘で、輔殿《すけどの》と言った人が、発言も風情があり、憎からぬ様子で、何事も言い交わしなどしていましたが、秋ごろ山里で、湯治《とうじ》をするといって長く籠もっておられたので、何かのついでに申し遣わした歌。

ましばふく　ねやの板間《いたま》に　もる月を　霜とやはらふ　秋の山里

（真柴を葺いた閨《ねや》の板間にもれる月の光を霜かと思ってはらっていますか。秋の山里では。）

めづらしく　わが思ひやる　鹿《しか》の音《ね》を　あくまできくや　秋の山里

（珍しいと私が思っている鹿の鳴き声を飽きるほど聞いていますか。秋の山里では。）

いとどしく　露やおきそふ　かきくらし　雨ふるころの　秋の山里

（たいそう露が置いているのに加えて、涙も置き添うでしょうか。雨が降るころの秋の山里では。）

うらやまし　ほだききりくべ　いかばかり　み湯わかすらむ　秋の山里

（羨ましいことです。小枝を切りくべて、どれほどお湯を沸かしていることでしょう。秋の山里では。）

椎《しゐ》ひろふ　賤《しづ》も道にや　まよふらん　霧たちこむる　秋の山里

（椎を拾う里人も道に迷っているのでしょうか。霧がたちこめる秋の山里では。）

栗もゑみ　をかしかるらんと　思ふにも　いでやゆかしや　秋の山里

（栗も毬《いが》がはぜて趣深いことでしょう、と思うにつけても、さあ行きたいことです。秋の山里に。）

心ざし　なしはさりとも　わがために　あるらむものを　秋の山里

（「贈り物はなしだ」としても、私のために梨くらいあるでしょう。秋の山里には。）

このごろは　かうじたちばな　なりまじり　木《こ》の葉もみづや　秋の山里

（このごろは柑子《こうじ》や橘が入りまじって実り、木の葉も紅葉しているでしょうか。秋の山里では。）

鶉《うづら》ふす　門田《かどた》のなるこ　引きなれて　かへりうきにや　秋の山里

（鶉が隠れている門の近くにある田の鳴子を引いたり、湯浴みしたりするのに慣れて、あなたは都に帰るのが嫌になったのでしょうか。秋の山里で。）

かへりきて　その見るばかり　かたらなん　ゆかしかりつる　秋の山里

（都に帰って来て、その見たままを語ってください。興味深い秋の山里のことを。）

輔殿の返事も冗談のようでしたが、しばらくして忘れてしまいました。

＊

冬になって、枯れ野の荻に時雨が激しく通り過ぎて、濡れた葉の色が荒涼としていましたが、まだ春も迎えないのに地面近くで芽吹いた若草の緑青色が時々見えています。一方露は、秋が思い出されるように一面に置いています。

霜さゆる　枯野のをぎの　露のいろ　秋のなごりを　ともにしのぶや

（霜が冴えている枯れ野の荻の露の色は、　秋のなごりを共に忍ぶのでしょうか。）

＊

なんとなく、　寝室の敷物の塵を打ち払いながら、　思うことばかりあるので、

夕されば　あらましごとの　おもかげに　枕のちりを　うちはらひつつ

（夕方になると、　来て欲しいあなたの面影を胸に思い描いています。　枕の塵を打ち払いながら。）

あくがるる　心はひとに　そひぬらむ　身のうさのみぞ　やるかたもなき

（身を離れていきそうな心はあなたに添い寝しているのでしょうか。　我が身の憂さばかりは行き所もなくどうしようもありません。）

＊

冬も深いころ、わずかに霜枯れの菊の中に、新しく咲いた花を折って、歌を寄こした人がありました。その人は縁故ある人で、宮中の官吏任命である司召《つかさめし》の除目《じもく》で出世がかなわず、嘆いておられたのでした。

霜がれの　下枝《したえ》に咲ける　菊みれば　我がゆくすゑも　たのもしきかな

(霜枯れの下枝に咲いている菊を見ると、私の行く末も頼もしいものですよ。)

と言ってきた返歌に、

花といへば　うつろふ色も　あだなるを　君がにほひは　ひさしかるべし

(花と言えば変わっていく色も長続きしませんが、あなたの栄えは久しく続くことでしょう。)

＊

いつも同じ事を返す返す思って、ああもう忘れてしまいたいものだと、いつも思うのに

その甲斐もなくて、

さることの　ありしかとだに　思はじと　思ひけてども　けたれざりけり

（そのようなこともあった、とさえ思うまいと思い消そうとしても思い消せないことです。）

＊

他愛のない会話の中で、意図せず嫌な言い方をしてしまったことを、何かと資盛様に責められたのも、後になって思えばしみじみ悲しくて、

なにとなく　ことの葉ごとに　耳とめて　恨みしことも　忘られぬかな

（何となく言った私の言葉ごとに耳をとめてあなたが恨んだことも忘れられないことです。）

＊

母である人が、出家の後、亡くなりました。母は特に信心深く、人にも死後の処置を言い置きなどなさっていました。五月の初めに亡くなった後は、何事も思う目当てもなく明かし暮らしていましたが、四十九日にもなって、お召しになっていた着物、袈裟《けさ》などを取り出して籠僧《こもりそう》にとらせ、阿証上人《あしょうしょうにん》に差し上げなどしました。着物のしわまでも着ていた時と変わらず、面影がたいそう次々と思い出される悲しさに、

きなれける　衣の袖の　をりめまで　ただその人を　みる心ちして

（着慣れた着物の袖の折り目まで、ただ亡くなった母を見る心地がして、つくづくと悲しいことです。）

一人ぼっちになってしまった、と思い込むとたいそう心細く、悲しい気持ちばかりまさって、

あはれてふ　人もなき世に　のこりゐて　いかになるべき　我が身なるらむ

（愛しいと言ってくれる母もないこの世に残り居て、どのようになっていく我が身なのでしょう。）

＊

雪が深く積もった朝、里で、荒れた庭を眺めやって「今日来む人を(4)（こんな雪の日に来てくれる人があったなら、どんなに愛しく思うことでしょう）」とぼんやり物思いにふけりながら座っておりました。その時の私の衣装といったら、薄柳の衣、紅梅の薄衣など、何の心準備もなく、どうでもよいようなものでした。そこへ、枯れ野の織物の狩衣《かりぎぬ》、蘇《す》芳《おう》の衣、紫の織物の指貫《さしぬき》をお召しになった資盛様が唐突に何もおっしゃらず、簾を引き上げて入って来られました。その時の面影は、私などにはもったいないほどのたいそう優美なお姿でございました。この時のことは常に忘れがたく思い出され、多くの年月を経ても、つい昨日のことのように思われて、返す返すも苦しいことです。

年月《としつき》の　つもりはてても　そのをりの　雪のあしたは　なほぞ恋しき

（年月が積もり果てても、その時の雪の朝はやはり恋しいものです。）

＊

高倉院がお隠れになったと聞いたころ（一一八一年正月）、見慣れ申し上げた御治世《ごちせい》の事が数々思い出されて、及ばぬことながらも限りなく悲しく、「何事も、まことに末の世にあまりある立派なご様子であったことよ」と人が申すにつけても、

雲のうへに　ゆくすゑとほく　みし月の　光きえぬと　きくぞかなしき

（雲の上である内裏に行く末遠くお栄えになると仰ぎ見た院が、月の光が消えるようにお隠れになったと聞くのは悲しいことです。）

中宮様の御心の内が推し測り申し上げられて、どれほどお嘆きであろうかと悲しく思われます。

かげならべ　照る日の光　かくれつつ　ひとりや月の　かきくもるらむ

（姿を並べて照る日の光がかくれてしまい、ひとり月は今ごろかき曇っていることでしょう。院を失って中宮様はどれほど悲しみの涙にくれていらっしゃることでしょう。）

（2）古歌――「忘るなよ忘るときかばみ熊野の浦の浜木綿うらみかさねむ」（道命法師『後拾遺集』雑一）を指す。

（3）豊明節会――大嘗祭、新嘗祭の後に行われる饗宴。

（4）今日来む人を――「山里は雪ふりつみて道もなし今日来む人をあはれとはみむ」（平兼盛『拾遺集』冬）の下の句（四句）を指す。

五　資盛との別れ

源平争乱の中、平家一門は都落ちし、次々と武将たちの訃報が舞い込む。ついに壇ノ浦での資盛入水の知らせが届き、絶望にうちひしがれる。

寿永《じゅえい》、元暦《げんりゃく》（一一八二—八五年）のころの世の中の騒ぎは、夢とも幻とも、哀れとも何とも、何もかも言い尽くすことのできるものではありませんでしたので、いかなる事もどうなったとさえ判断がつかず、かえって思い出すまいとばかり今この時までも思われます。見知った平家のご一門が都を別れると聞いた秋のころ（一一八三年七月）のことは、あれこれ言ってても思ってみても、心も言葉も及ばないことです。都落ちという本当のお別れは、私も他の人も、あらかじめいつだとも知る人はおりませんでしたので、ただ言いようのない夢のようで、近くで都落ちのご様子を見た人も、遠くでその噂を耳にした人も、みな動揺するばかりでした。

一般に世の中が騒がしく、心細いように聞こえたころなどは、資盛様は蔵人頭《くろうどのとう》であって、特に心に余裕がおありにならないうえに、私の身近にいた人も、「資盛様と交際を続けても辛いことになるだけですよ」などと忠告することもあって、かつてよりもいっそうたいそう忍んで逢い、自然となにかとためらって、手紙などやりとりしておりました。資盛様はそのような折、ただ何気ない会話の中にも、「このような世の中の騒ぎになってしまえば、自分がはかなく死者の数に入ってしまうのはもはや疑いないことです。そうなったならば、さすがにつゆほどの情けはかけてくださいね。たとえ、あなたが私のことを何とも思っていなくても、このように言葉を交わし慣れて、年月を重ねたよしみで、死後の供養も必ず考えてください。また、もしたとえ今しばらく私が生き長らえたとしても、もはや己を昔の身とは思うまいと心に決めています。その理由は、何かに執着し、名残惜しく思って、誰かのことを気がかりだなどと思い始めたならば、思ってもきりがないからです。心弱さもどうなるだろうとも自分自身でもわからないので、何事も思い捨てて、あなたの元へ『さて、』などと言って手紙をやることなども、どこからもしないと決心しているので、いい加減で連絡もないなどと思わないでください。すべてにおいて、ただ今から身を変えた身と決心しているが、それでもともすると元の心になってしまいそうなのがたいそう悔しい」とおっしゃっていたことを、なるほどそういうものかと聞いておりましたが、何と言葉を返せましょうか。涙の他は言葉もありませんでしたが、ついに秋の初め、平家都落ちの報を聞き、夢の中で夢を見るような気持ちは、何にたとえられましょう。さすがに、心ある人々は、この無情に心を寄せ、私に慰めの言葉をかけぬ人はありませんでしたが、それでも身近な人々でも「私の心を真に理解してくれる友は誰か居るのだろうか」と思われたので、人に物も言えず、つくづくと思い続けて胸に余るので、仏に向かい申し上げて泣き暮らすより他はありませんでした。けれども、なるほど命は天寿が決まっているので死ぬこともできぬばかりでなく、出家することさえも心に任せず、ひとり出奔しようともそれもできぬままに、こうして長らえているのが辛くて、

またためし　たぐひもしらぬ　うきことを　みてもさてある　身ぞうとましき

（このような例も類も知らない辛い目をみても、このように生き暮らしている身がうとましいことです。）

＊

言いようのない気持ちで秋が深くなっていく様子に、まして辛さに耐えていられるような心地もせず、月の明るい夜に、空の様子、雲のたたずまい、風の音が特に悲しいのを眺めながら、行方も知らない旅の空、あの人はいったいどのようなお気持ちでいるだろうとばかり思って、涙に暮れています。

いづくにて　いかなることを　思ひつつ　こよひの月に　袖しぼるらむ

（いったい今ごろどこでどのようなことを思いながら、あの人は今夜の月に涙の袖を絞っているのでしょう。）

＊

夜明け、日暮れ、何を見聞きするにも、片時も資盛様を思い忘れることがどうしてあるでしょうか。そうであれば、どうにかしてせめてもう一度、ご案じ申し上げていることを伝えたいと思いますが、叶うはずもないこの悲しさ。平家一門がここかしこと移り行く様子など伝え聞くのも、まったく言いようもありません。

いはばやと　思ふことのみ　おほかるも　さてむなしくや　つひにはてなむ

（言いたいと思うことばかり募っても、むなしく言えぬまま遂に終わってしまうのでしょうか。）

＊

恐ろしい源氏の武士たちが大勢西国へ下っていきます。そのような噂を耳にすると、どんな悪い知らせをいつ聞くことになるだろうと悲しく辛く、泣きながら寝た夜の夢に、いつも見ていたままの直衣《のうし》姿で、風が酷く吹く所に、たいそう物思わしげにぼんやりとしていらっしゃる資盛様を見て、胸騒ぎがして目覚めた時の気持ちは言いようもありません。今この時も本当にそのようにしていらっしゃるのだろうかと思いやられて、

波風の　あらきさわぎに　ただよひて　さこそはやすき　空なかるらめ

(波風のような荒々しい戦乱の中に漂って、さぞ穏やかな心持ちになることはないのでしょう。)

＊

あまりにも心騒いだ名残でしょうか、しばらく熱も出て、心地も悪かったので、こんなことならいっそ死んでしまいたいと思われます。

うきうへの　なほうきことを　きかぬさきに　この世のほかに　なりもしなばや

（辛い上にさらに辛いことを聞く前に、いっそ死んでしまいたいものです。）

と思いますが、そうはならない世の無情が辛いことです。

あらるべき　心ちもせぬに　なほきえて　今日《けふ》までふるぞ　かなしかりける

（生き長らえる心地もしないのに、なお消えないで、今日まで年を経てしまったのが悲しいことです。）

＊

翌寿永《じゅえい》三年（一一八四年）の春、縁故のある人が、寺参りをすると言って誘ってくれたので、何をするのも億劫でしたが、仏に関することなので、思い起こして参拝いたしました。帰りに、梅の花が非常に美しいところがあると言ってその人が立ち寄ったので、連れられて行ったところ、本当にこの世のものとも思えない梅の花の様子です。その場所の主人である聖《ひじり》が、その人におっしゃる言葉を聞くと「毎年この花を一人占めして愛でられていた人がいらっしゃいましたが、その方がおいでになれず、今年は無駄に咲き散ります。残念なことです」としみじみ語っておられます。「いったいそれはどなたですか」とその人が聖に尋ねているようでしたが、聖が「平資盛様ですよ」とはっきりおっしゃったので、私の心はかき乱れ、悲しい心の内に詠んだ歌。

思ふこと　心のままに　かたらはむ　なれける人を　花もしのばば

（思う事を心のままに語り合いましょう。馴染んだ人を梅の花も忍ぶのならば。）

＊

その寿永三年の春、驚きあきれるほど恐ろしい噂が聞こえてきました。間近で拝見していた平家の人々が数多くお亡くなりになり、あらぬ姿で都大路を引き回されたことなど、何かと辛く、言いようもなく聞こえて、「お亡くなりになったのは、だれそれ」などと人が言ったのも類のない悲しさで、

あはれされば　これはまことか　なほもただ　夢にやあらん　とこそおぼゆれ

（ああ、そうであればこれは現実でしょうか。それでもなお、ただ夢であろうかと思われることです。）

＊

三位中将《さんみちゅうじょう》平重衡《しげひら》様が、辛い囚われの身となって、都にしばらく留め置かれると噂になっていたころ、重衡様は特に昔近くにいた人々の中でも、朝夕顔を合わせ、風流なことを言い、又ちょっとしたことにも、人のために便宜をはかる心配りなどしてくださり、ありがたかったのに、いったいどのような報いなのかと辛く思われます。見た人が「お顔は変わらず、見ていられないお姿だった」などと言うのが辛くて、悲しさは言いようもありません。

あさゆふに　見なれすぐしし　その昔　かかるべしとは　思ひてもみず

（朝夕に見慣れ過ごしたその昔には、こんな事になるとは思ってもみませんでした。）

返す返す重衡様の心中が察せられて、

まだしなぬ　この世のうちに　身をかへて　なに心ちして　あけくらすらむ

（まだ死なないこの世のうちに囚われの身と変わり果てて、どのような心で日々を過ごしておいでてでしょう。）

＊

また、三位中将平維盛《これもり》様が、熊野で身を投げてお亡くなりになったと人が言い、気の毒がっておりました。どちらの平家の方々も、今の世を見聞くにも本当に優れていたと思い出される方々ですが、維盛様の際だって素晴らしいお姿、お心遣いは、本当に昔も今もお見かけする殿方の中にも類もない方でありました。そうであれば、折々に感心しない人はいないほどでした。後白河法皇の五十歳のお祝いに青海波《せいがいは》を舞われた折などは、光源氏の例も思い出されるなどと、人々が噂したものでした。花の美しさもなるほど圧倒されるだろうなどと、噂されていました。その面影は当然のことながら、日常見慣れた方が亡くなった悲しさはどなたも同じですが、やはり特別に思われます。「資盛と同じ事と思いなさい」と折に触れおっしゃっていたのに対し、「そう思っています」とお返事したところ、「本当にそう思っていますか。いないでしょう」とおっしゃったことなど、かずかず思い出され、悲しいとも言いようがありません。

春の花の　色によそへし　おもかげの　むなしき波の　したにくちぬる

（春の花の美しさにたとえられた面影が、むなしい波の下に朽ちてしまったことです。）

かなしくも　かかるうきめを　み熊野の　浦わの波に　身をしづめける

（悲しくもこのような辛い目をみて、熊野の浦の波に身を沈めてしまわれたことです。）

＊

特に資盛様のご兄弟の訃報には悲しみが強うございました。辛いことは勿論ですが、この三位中将平維盛様、平清経《きよつね》中将様と、相次いでご自害なされたとあれこれ人が噂するにつけても、あとに残って資盛様はどれほど心弱く思っていらっしゃるでしょうなどと、様々思いを馳せます。しかし、かねておっしゃっていたことだからでしょうか、またどのように思っていらっしゃるのか、ついでに事寄せて言葉一つも聞くことはありません。ただ都を出た年の冬、わずかな便りにつけて、「申していたように、今は身を変えたと思っているので、みなそのように思って後世の弔いを」とだけあったので、確かな消息もわからず、特別なこともまた叶わず、こちらからも言いようもないほど思いやられる心の内も言うことができません。ちょうど資盛様のご兄弟の訃報をお聞きしたころ、信用できるつてで、確かに伝えられそうな機会があったので、「返す返すこのようにお便り申し上げまいと思いましたが」などと言って、

さまざまに　心みだれて　もしほ草　かきあつむべき　心ちだにせず

（様々に心乱れて、藻塩草をかき集めるように思いを書きまとめられそうな心地さえしません。）

おなじ世と　なほ思ふこそ　かなしけれ　あるがあるにも　あらぬこの世に

（あなたと同じ世に生きているとやはり思うのは悲しいことです。生きているのに生きていることにもならないこの世にあって。）

　このご兄弟たちのことなど言って、

思ふことを　思ひやるにぞ　思ひくだく　思ひにそへて　いとどかなしき

（あなたが思っていらっしゃることを思いやることで思いを砕いています。思いに添えてたいそう悲しいことです。）

などと申した返事には、資盛様もさすがにうれしかったとおっしゃって、「今はただ我が身の上も今日明日のことなので、返す返す思い閉じた気持ちでいますが、誠実にこの度だけはお返事いたします」と、

思ひとぢめ　思ひきりても　たちかへり　さすがに思ふ　事ぞおほかる

（思いを閉じて、思いを断ち切ってもまた気持ちが立ち戻り、さすがに思う事は多いものです。）

今はすべて　なにのなさけも　あはれをも　みもせじききも　せじとこそ思へ

（今は全て、どんな情けも哀れも見ることも聞くこともしまいと思う。）

先立った人々のことを言って、

あるほどが　あるにもあらぬ　うちになほ　かくうきことを　みるぞかなしき

（生きていることが生きていることにもならないこの世のうちに、やはりこのような辛い目をみるのが悲しいことだ。）

と資盛様からの便りにあったのを見た時の心地は、まして言いようもありません。

＊

翌寿永四年（一一八五年）の春、遂に資盛様がこの世の他の人になったと聞くに到りました。その時のことは、まして何と言えましょう。みなかねてから予期していたことではありますが、ただ茫然とするばかりに思われます。あまりにとめどなく流れる涙も、一方で顔を合わせる人にも遠慮されたので、どのように人が思うかわかりませんが、「具合が悪いので」と言って、夜具をひきかぶって寝暮らしてばかりで、心のままに泣き過ごします。どうにかして忘れようと思いますが、いじわるなことにあの人の面影はつきまとい、言葉ごとにあの人の声を聞くような気持ちがして、身を責め、悲しいことは言い尽くす術もありません。ただ限りある命でお亡くなりになったなどと聞いたことさえ、悲しいことと思っておりましたが、資盛様を失った悲しみは、いったい何をたとえにしようか、何にもたとえられないと返す返す思われて、

なべて世の　はかなきことを　かなしとは　かかる夢みぬ　人やいひけん

（おしなべて世の中のはかないことを悲しいとは、このような夢を見ない人が言ったのでしょうか。）

しばらくして、知り合いのもとから「それにしてもお気の毒なことは、どれほどでしょうか」と言ってきましたが、ありきたりな挨拶に思われて、

かなしとも　又あはれとも　世のつねに　いふべきことに　あらばこそあらめ

（悲しい、哀れ、などという言葉で済まされるのであれば、どれほど良かったでしょう。）

＊

それにしても本当に、命長らえる世の常が辛く、明けた暮れたと日々を過ごしながら、さすがにしっかりした気持ちも戻ってきて、物をあれこれ思い続けるうちに、悲しさも更にまさる気持ちがします。はかなく哀れであった男女の契りも、我が身一つのことではございません。同じご兄弟の夢を見る人は、知っている人も知らない人もさすがに多くいらっしゃいますが、さしあたって私ほどの悲しさは例がないように思われます。昔も今もただ穏やかな天寿を全うしての別れはございますが、このような辛いことはいったいいつあったのかとばかり思うのも当然で、ただあれこれとさすがに思い慣れたことは忘れがたく、

なんとかして今は忘れようとひたすら思いますが叶わず、悲しくて、

ためしなき　かかる別れに　なほとまる　おもかげばかり　身にそふぞうき

（例のないこのような別れに、なお留まる面影ばかりが、我が身に添うのが辛いことです。）

いかで今は　かひなきことを　なげかずて　物忘れする　心にもがな

（どうにかして、今はどうしようもないことを嘆かずに、物忘れする心になりたいものです。）

忘れむと　思ひても又　たちかへり　なごりなからん　ことぞかなしき

（忘れようと思ってもまたすぐに思い出してしまいます。一方で名残尽きてしまうことも悲しいことです。）

＊

ただ胸に溢れ、涙にあまる思いばかりであっても、何の役に立とうかと悲しくて、「後世を必ず思いやってください」とおっしゃっていたのに、それこそいまわの際も心慌ただしかったことでしょう。又たまたまこの世に残って、菩提を弔う人もさすがにあるでしょうが、多くの平家周辺の人々はこの世に忍び隠れて、何事をするにも道は広くあるまい、などと資盛様の菩提を弔うのは自分ひとりのことと思いなされて悲しいので、思い起こして、資盛様からいただいた手紙を選び出し、料紙に漉《す》き直させて、経を書きます。また手紙をそのまま打ちのばさせて、文字が見えるのも切ないので、裏に別の紙を当て、文字を隠して、自分で地蔵六体を墨書きで描き申し上げるなど、様々志篤《あつ》く弔いますが、人目がはばかられたので、疎遠な人には知らせず、自分ひとりだけで経を読む悲しさも、やはり耐え難いものです。

すくふなる　誓ひたのみて　うつしおくを　かならず六《むつ》の　道しるべせよ

（救うという誓いをあてにして地蔵六体を写し置いたので、必ずあの人が六道から抜け出せる道標としてください。）

などと泣く泣く思い念じて、阿証上人《あしょうしょうにん》のもとに申しつけて供養をさせ申し上げます。さすがに積もり積もったあの人からの手紙なので、多くて、尊勝陀羅尼《そんしょうだらに》や何やかや、その他のことも多く書かせなどする時も「なまじっか見ますまい」と思いますが、そうはいってても見えてしまう資盛様の筆の跡や言葉の数々は、こうでなくてさえ昔の痕跡は涙のかかる世の習いであるのを、目もくれ心も消えるようになりながら、その悲しさは言いようもありません。その時はああであった、こうであった、これは私が言ったことへのお返事だと、なにかと文字を見ると思い出され、繰り返し胸がかきむしられるように思われるので、一つも残さず、みなそのように処分してしまうと、「見るも甲斐なし」と光源氏が紫の上の死を悼み詠んだことが思い出されますが、どういう心があってこのような時に『源氏物語』のことなど思い出すのかと、我ながら情けなく思われます。

かなしさの　いとどもよほす　みづぐきの　あとは中々　きえねとぞ思ふ

（悲しさがひどくこみあげてくるあなたの筆の跡は、かえって消えてしまえと思います。）

かばかりの　思ひにたへて　つれもなく　なほながらふる　たまのをもうし

（これほどの思いにたえてままならず、なお生き長らえる我が命がうらめしいことです。）

＊

夏も深まったころ、いつも居る部屋の遣り戸《やど》は、谷の方なので、見下ろすと、竹の葉は強い日ざしによじれたようになっています。本当に土さえ裂けて見えるようなこの世の様子に、私の袖も乾くでしょうかと、また涙にかき暮れています。蜩《ひぐらし》が、茂った梢でやかましいまでに一日中鳴いているのも、友のような気持ちがして、

こととはむ　なれもやものを　思ふらむ　もろともになく　夏のひぐらし

（尋ねます。お前も物を思っているのでしょうか。私と一緒に泣く夏の蜩よ。）

＊

慰められることもないままに、仏にばかり向かい申し上げますが、さすがに幼いころか

ら頼み申し上げていますのに、辛い我が身を思い知ることばかりあって、またこのように例のない物思いをするのも、どういう訳かと、神も仏も恨めしくさえなって、

さりともと　たのむ仏も　めぐまねば　後の世までを　思ふかなしさ

（そうはいっても、と頼みにする仏も恵みを与えてくださらないので、来世までも救いはあるまいと思う悲しさよ。）

ゆくへなく　わが身もさらば　あくがれん　あととどむべき　うき世ならぬに

（行く当てもなく、私の身もそうであれば死んでしまいましょう。跡を留めねばならないようなこの世ではないので。）

＊

北山の辺りに風情ある所がございました。お亡くなりになった資盛様の領地であって、桜のころや、秋の野辺など見に、常に通っていましたので、誰でも見る機会がありました

が、ある聖《ひじり》の所有になったと聞き、縁故があったので、せめてと思ってこっそりと行ってみます。行ってみると、資盛様の面影が先立って、また涙で見えなくなってしまう様子は、言いようもありません。磨き繕われた庭も、浅茅《あさぢ》が原、蓬《よもぎ》が杣《そま》になって、葎《むぐら》も苔も茂って、昔の様子とは違っていましたが、資盛様が植えた小萩が茂り、南北の庭に乱れふしています。藤袴《ふじばかま》が香り、一角の薄《すすき》も本当に虫の音が響く野辺のように見えましたが、車を寄せて降りた妻戸《つまど》のもとで、たった一人眺めると、様々思い出すことなど、言葉に尽くせません。いつものように正気を失いそうになるほどかき乱れる心の内をそのままに詠んだ歌。

露きえし　あとは野原と　なりはてて　ありしにもにず　あれはてにけり

（露のように儚《はかな》くあの方がお亡くなりになった後は、この地も野原となり果てて、昔とは似ず荒れ果ててしまったことです。）

あとをだに　形見にみんと　思ひしを　さてしもいとど　かなしさぞそふ

（せめて跡だけでも形見に見ようと思いましたが、そうしてみるとたいそう悲しさが添うことです。）

東の庭に、柳と桜の同じ高さの木を混ぜて、たくさん植え並べてあったのを、去年の春、一緒に見たことも、つい昨日のような気持ちがするので、梢だけは去年と変わらずあるのも辛く悲しくて、

うゑてみし　人はかれぬる　あとになほ　のこるこずゑを　みるも露けし

（植えて愛でた人が死んでしまった後になお残る梢を見ると、露のような涙がこぼれ落ちることです。）

我が身もし　春まであらば　たづねみむ　花もその世の　ことな忘れそ

（我が身がもし春まで生き長らえていたならば訪ねてみましょう。花もあの時のことを忘れないでおくれ。）

＊

また出かけて行った途中に、昔平家ご一門がお住まいになった所で、灰になってしまっていた屋敷が、礎だけ残っておりました。草深く、秋の花が所々に咲き出して、露がこぼれ、虫の声が乱れ合って聞こえるのも悲しく、通り過ぎる気になれませんでしたので、しばらく車を止めて眺めておりました。我ながら、いったいいつまでいたら気が済むのかと思われて、

またさらに　うきふるさとを　かへりみて　心とどむる　こともはかなし

（またさらに辛い昔なじみの地を顧みて、心をとどめることもはかないことです。）

＊

ただ同じ事ばかり晴れることもなく思いながら、絶えぬ命はそのまま生き長らえて、辛いことばかり聞き重ねる様子は言いようもありません。

さだめなき　世とはいへども　かくばかり　うきためしこそ　又なかりけれ

（ままならぬ世とはいっても、これほどまでに辛いためしもまた無いものです。）

＊

中宮徳子《ちゅうぐうとくこ》様は出家し、建礼門院《けんれいもんいん》となられて大原にいらっしゃるとだけはお聞き申し上げていましたが、しかるべき人に案内されずには参上する術もございません。しかし、女院《にょういん》をお慕いする私の深い心を頼りに、無理にお訪ね申し上げると、次第に近づくにつれ、山道の様子から、まずは涙が先立って言いようもなく、庵《いおり》の様子、お住まい、生活のご様子、すべて目も当てられません。昔のご様子を存じ上げない人でさえ、ここのおおよその生活はどうして当たり前と思えましょうか。まして昔日を知る私には、夢とも現実とも言いようもありません。深まりゆく秋の山おろしが近い梢に響き合って、筧《かけい》の水の音、鹿の鳴き声、虫の音、何処でも同じ事ではございますが、例をみないほどの悲しさです。都では春の錦を着重ねてお仕えした人々が六十人余りもありましたが、見紛うほどやつれた墨染めの尼姿で、わずかに三、四人だけがお仕えしています。その人々にも、「それにしても」とばかり、お互いに言いかけて、むせぶ涙におぼれ、言葉も続けられません。

今や夢　昔や夢と　まよはれて　いかに思へど　うつつとぞなき

（今が夢か、昔が夢かと迷われて、どのように思っても現実とは思われません。）

あふぎみし　昔の雲の　うへの月　かかるみやまの　かげぞかなしき

（昔雲の上の宮中で仰ぎ見た、月のように照り輝くばかりの中宮様が、このような山陰にひっそりとお住まいなのは悲しいことです。）

花の美しさ、月の光に喩《たと》えても、まったく飽きることのなかった中宮様の面影は、もはやないのでしょうかとばかり、昔日の面影が辿《たど》られるのに、このようなご様子を拝見しながら、何の思い出もない都へと、そうであればどうして帰るのだろうと我が身がうとましく、辛い。

山ふかく　とどめおきつる　わが心　やがてすむべき　しるべとをなれ

（山深く留め置いた私の心よ、そのままここに住むべき縁《よすが》となってほしい。）

＊

何事につけても、この世にただいなくなれるものならいなくなりたいものだとばかり思われて、

なげきわび　わがなからましと　思ふまでの　身ぞわれながら　かなしかりける

（嘆きわび、自分などいなくなってしまえと思うほどの身が、我ながら悲しいことです。）

六　心慰める旅

資盛との思い出が詰まった都から離れ、心を慰めようと比叡から琵琶湖を巡る旅に出る。

心慰められることは、どのようにして得られるのだろうと思って、関係のない所を訪ねがてら、遠くへ行ってみようと思い立つことがありましたが、都落ちの際の資盛様の心境などがまず思い出されて、

かへるべき　道は心に　まかせても　旅だつほどは　なほあはれなり

（心に任せていつでも帰れる道ですが、旅立つ時はやはりしみじみするものです。）

都をば　いとひても又　なごりあるを　ましてと物を　思ひいでつる

（私のように都を嫌っていてもまた名残惜しいのに、ましてあの方はどんなに名残惜しかったかと物思いにふけってしまいます。）

＊

目指すところは比叡坂本《ひえさかもと》のあたりでございます。雪が空を曇らせて降っているので、都から遥かに隔たった心地がして、「何の思い出によるのであろうか。都に恋しさなどないはずなのに」と心細くなります。夜がふけていくと、雁《かり》が一列、私が留まっている上を過ぎていく音がするのも、まずしみじみとばかり聞いて、なんとなくほろほろと涙が落ちます。

うきことは　ところがらかと　のがるれど　いづくもかりの　宿ときこゆる

（辛いことは場所のせいかと逃れてきましたが、資盛様を失った今の私には、どこも仮の宿だと雁が言っているように聞こえます。）

＊

逢坂の関を一つ越えただけなのだから、どれほどの距離でもないでしょうが、梢に響く嵐の音も、都よりはことのほかに激しくて、

関こえて　いく雲井まで　へだてねど　都にはにぬ　山おろしかな

（関を越えて雲居はるかに隔たったわけではないのに、都では経験したことのない山おろしであることです。）

＊

ひたすら勤行《ごんぎょう》して、ただ一心に資盛様の来世のことばかり祈るにも、やはり仕方のないことばかり思うまいと思っても、またどうしようもありません。部屋の外に出てみると、橘の木に雪が深く積もっているのを見るにつけても、いつの年であったか、内裏《だいり》で、雪がたいそう高く積もった朝、資盛様が宿直《とのい》姿のしなやかな直衣《のうし》で、この木に降りかかっていた雪を、そのまま折って持って来られたので「どうしてその枝を折られたのですか」と申し上げると、「私がいつも立っている側の木なので、縁が感じられて」とおっしゃったときのことが、つい今しがたのことのように思い出されて、悲しいことは言いようもありません。

たちなれし　みかきのうちの　たち花も　雪と消えにし　人や恋ふらむ

(立ち慣れた内裏の橘も、雪のように消えてしまった人を恋しく思っているのでしょうか。)

と、まず思いやられます。この目の前に見える木は、葉だけが茂っていていかにも寂しい様子です。

こととはむ　さつきならでも　たち花に　昔の袖の　香《か》はのこるやと

(尋ねてみましょう。五月でなくても橘に、昔の愛しい人の袖の香りは残っているかと。)

＊

風に従って、鳴子の音がするのも、なんとなく物悲しい。

ありし世に　あらずなるこの　音きけば　すぎにしことぞ　いとどかなしき

(昔とは変わってしまった世になり、この鳴子の音を聞くと過ぎ去ってしまったことがかたいそう悲しく思われます。）

＊

はるかに都の方を眺めると、はるばると隔たった雲居にも、

我が心　うきたるままに　ながむれば　いづくを雲の　はてとしもなし

（我が心が辛く悲しいままに眺めると、どこが雲の果てだともわかりません。）

＊

十二月一日頃であったでしょうか、夜になって、雨とも雪ともなく降り始めて、雲の行き来も激しく、空一面は曇ってしまわず、所々星が見え隠れしておりました。引き被って寝ていた着物を、夜更けごろ、午前二時半頃でしょうかと思うころに、引きのけて、空を見上げると、格別に晴れて、浅葱色《あさぎいろ》の空に、光まばゆいほどの大きな星々が一面に出ていて、格別に美しく、縹色《はなだいろ》の紙に金箔をうち散らしたようでした。今夜初めて見たような気持ちがします。以前から星月夜は見慣れているものですが、これは旅先の折だからでしょ

うか、違う気持ちがするにつけても、ただしみじみと物思いにばかりふけってしまいます。

月をこそ　ながめなれしか　星の夜の　ふかきあはれを　こよひしりぬる

（月だけを眺め慣れていました。星の夜の深い風情を今宵初めて知ったことです。）

＊

日吉《ひよし》神社へ参拝の折、雪は空を曇らせ、輿《こし》の前板にたくさん積もっています。夜通しお祈りした朝に、宿へ戻る道すがら、輿の簾《すだれ》を上げてみると、袖にも懐にも横から吹き付ける雪が入って、袖の上は払ってもすぐに所々凍ってしまうのも風情があります。けれども、それを見せたいと思う人がもういないのが、悲しく思われます。

なにごとを　いのりかすべき　我が袖の　氷はとけん　かたもあらじを

（いったい何を祈るというのでしょうか。私の涙でできた袖の氷は溶けることもないでしょうに。）

＊

たいそう心細い旅の宿に、友待つように後から降る雪を待つ雪が消えずに残り、早くも一面に曇る空を眺めながら、

さらでだに　ふりにしことの　かなしきに　雪かきくらす　空もながめじ

（そうでなくてさえ時が経ってしまったことは悲しいので、雪が降ってかき暗す空も眺めますまい。）

＊

一晩中眺めていると、空はかき曇ったり、また晴れたりと、定まらない雲の様子を見ても、

大空《おほぞら》は　はれもくもりも　さだめなきを　身のうきことは　いつもかはらじ

（大空は晴れも曇りも一定ではないのに、我が身が辛いことはいつも変わらないでしょう。）

＊

外の鳴子《なるこ》の音も寂しさをさそう気持ちがして、辺り一面の四方の梢、野辺の景色が、年の暮れなので、みな枯れ野になって、風に吹き払われています。なんということもない何も残っていない世の中の景色も、寂しい我が身と思い比べられることが多くて、

秋すぎて　なるこは風に　のこりけり　なにのなごりも　人の世ぞなき

(秋が過ぎて鳴子は風に残っていることです。何の名残も人の世にはないのに。)

＊

わずかな流れの谷川に氷が張って、それでも心細いほどの幽《かそ》けき水音が絶え絶えに聞こえてくるので、思う事ばかりあって、

谷川は　木《こ》の葉とぢまぜ　こほれども　したにはたえぬ　水の音かな

（谷川は木の葉を閉じ込めて凍っているけれども、その下には絶えない水音が聞こえることです。）

＊

まだ夜のうちに都に向けて宿を出ます。道は琵琶湖の湖岸ですが、入江は凍ったままで寄せ来る波も沖へ帰らない気がして、薄雪が積もり、見渡す限り白銀の世界です。

うらやまし　志賀のうらわの　こほりとぢ　かへらぬ波も　又かへりなむ

（うらやましい。志賀の浦和は氷に閉ざされているが、今帰らない波も氷が溶ければ又帰ってくるのでしょう。愛しいあの人は帰ってこないのに。）

＊

湖面は深緑で黒々と恐ろしげに荒れています。距離もなく見渡せる向こうに、はっきりした船路を残し、空が水平線のかなたの端と一続きになっている雲の中に漕ぎ消えていく小舟が、傍目にも波風が荒く、頼りない様子で浮かんでいます。草木もない浜辺に、耐え難いほど風は強く吹き付けます。ですが、波に入ってしまったあの人がこのような辺りにいると、思いがけず聞いたならば、どれほど住みにくい土地であったとしても留まろう、などとまで考えられて、

恋ひしのぶ　人にあふみの　海ならば　あらき波にも　たちまじらまし

（恋忍ぶ人に逢うことが叶う近江の海ならば、荒い波の中にも入っていくのに。）

七　追憶の日々

平家ゆかりの人々と文を交わし昔話を語り合うことで、心を慰め、資盛の菩提を弔う。

一月の半ばを過ぎるころ、何となく春の景色がうらうらと霞み渡っているころに、高倉院の中納言の典侍《すけ》と申し上げた人で、今上《きんじょう》天皇の内裏《だいり》にお仕えなさっている人が、「会いましょう」と言ってきたので、昔のことを知っている人も懐かしくて、その日を待っておりましたが、差し支えることがあって、果たせないでおりました。約束は今夜だったでしょうかと思う夜に、荒れた家の軒端から月がさし込んで、梅が香りながら艶やかに咲いています。眺め明かして、翌朝、差し上げた歌。

あはれいかに　けさはなごりを　ながめまし　昨日のくれの　まことなりせば

（ああ、どれほど今朝は名残惜しく物思いにふけったことでしょう。昨日の暮れに会うことが実現していたならば。）

返歌

思へただ　さぞあらましの　なごりさへ　きのふもけふも　ありあけの空

（私の気持ちを思いやってください。ただお会いしていたらこうだったでしょう、という名残までも我が身を離れず、昨日も今日も有明の空を眺め思っています。）

＊

どうということもないおしゃべりを人がするにつけても、思い出されることがあって、なんとなく涙がこぼれ始めて止《とど》めがたく流れるので、

うきことの　いつもそふ身は　なにとしも　思ひあへでも　涙おちけり

（辛いことがいつも添う身は、特に何という理由がなくても涙が落ちることです。）

＊

二月十五日、涅槃会《ねはんえ》に人に誘われ、共に参詣しました。勤行して思い続けると、釈迦仏《しゃかぶつ》

が入滅《にゅうめつ》なさった時のことを僧などが語るのを聞くにつけても、すべてただ無常であるように思えて、涙が止《とど》めがたく思われます。釈迦入滅の物語はいつも聞いていましたが、このごろ聞くのはたいそうしみじみと思われて物悲しく、涙が止《と》まらないのも、命の終わりが近づいているからでしょうかと、それは嘆かわしくはないように思われます。

世の中の　つねなきことの　ためしとて　空がくれにし　月にぞありける

（世は無常であるということの例として、雲隠れしてしまった月があるのですね。）

＊

殷富門院《いんぷくもんいん》様を皇后宮と申し上げていたころ、その御方にお仕えする上臈《じょうろう》女房で、知る機会があって親しくしていた人がおられました。偶然行き会って、一日中おしゃべりなどして帰られましたが、その名残のように、雨など降ってしみじみと感慨深うございます。この人も、特に私と同じように平家の公達《きんだち》である愛しい人を亡くされて、嘆きに暮れる人なのでした。懐かしくもあり、様々それも恋しく思い出されて、歌をお贈り申し上げます。

いかにせん　ながめかねぬる　なごりかな　さらぬだにこそ　雨の夕暮

（いったいどうしましょう。ひとり物思いにふけって、どうしようもないほど名残惜しいことです。そうでなくてさえ、雨の夕暮れはしみじみするものなのに。）

返歌

ながめわぶる　雨のゆふべに　あはれ又　ふりにしことを　いひあはせばや

（物思いに堪えられないほどの雨の夕べにしみじみと、又過ぎ去ったことを語り合いたいものです。）

＊

四月二十三日、明け方のころ、雨が少し降って、東の方、空にほととぎすの初音が鳴き渡り、珍しくも感慨深くも耳にして詠んだ歌。

あけがたに　初音ききつる　ほととぎす　死出《して》の山路《やまぢ》の　ことをとはばや

（明け方に初音を聞いたほととぎすよ。死出の山路のことを問いたいものです。）

あらずなる　うき世のはてに　ほととぎす　いかで鳴く音の　かはらざるらむ

（以前と変わってしまった憂き世の果てに聞くほととぎすよ。どうして鳴く声は変わらないのでしょう。）

＊

五月二日は、亡き母の忌日でございます。気分がすぐれませんでしたが、手など洗って、念仏を唱え申し上げ、経を読む法師を呼んで、経を読ませて、聴聞するにも、来年の法要はできないこともあるかと考えると、さすがにしみじみ思われて、袖もまた涙で濡れました。

別れにし　年月日《とし》には　あふことも　こればかりやと　思ふかなしさ

（別れてしまった年月日には会うこともこれ限りかと思う悲しさよ。）

＊

三月の二十日過ぎのころ、儚き運命であったあの人が、水の泡となった日なので、いつものように一人で、あれこれ思い勤行するにも、私が死んだ後、いったい誰が資盛様のことをこれほど思いやってくれるでしょうか。このように思ったからといって、あの方の命日を思い出してくれる人もないのが、耐え難く悲しくて、しくしくと泣くより他はありません。自分が死んでしまうことよりも、あの人の命日が思い出されないことの方が悲しくて、

いかにせん　我がのちの世は　さてもなほ　昔のけふを　とふ人もがな

（いったいどうしましょう。私の後世はどうでもよいですが、やはり今日の命日を弔う人がいてほしいものです。）

＊

四方の梢も、庭の景色も、みな心地よさそうに青緑で、小鳥たちが囀《さえず》る声も、何の物思いもなさそうなのにも、まず涙があふれ、

はれわたる　空のけしきも　鳥のねも　うらやましくぞ　心ゆくめる

（晴れ渡る空の景色も、鳥の声も、うらやましいほど心ゆくようです。）

つきもせず　うきことをのみ　思ふ身は　はれたる空も　かきくらしつつ

（尽きることなく辛いことばかりを思う身は、晴れた空も涙でかき曇り続けることです。）

＊

〈七夕の歌五十一首・抜粋〉

七月七日には、七夕にちなんで、七首の歌を七枚の梶《かじ》の葉に書いて星に手向《たむ》ける風習が

ありました。同時に芸事の上達を願う風習もあり、特に女性は織り姫に裁縫の上達を願い、衣を貸す（供える）風習がありました。一年に一度しか逢えない織り姫と彦星に、己と資盛様を重ね合わせ、毎年七夕に歌を詠み申し上げていましたが、思い出せる限り、少々これも書き付けておきます。

さまざまに　思ひやりつつ　よそながら　ながめかねぬる　星合《ほしあい》の空

（様々に思いやりながら、よそごとに眺めることはできない七夕の空よ。）

人かずに　けふはかさまし　からごろも　涙にくちぬ　袂《たもと》なりせば

（人なみに今日は貸しますのに、唐衣を。涙に朽ちない袂であったならば。）

彦星の　ゆきあひの空を　ながめても　まつこともなき　われぞかなしき

（彦星の行き逢う空を眺めても、もうあの人を待つこともない私は悲しいことです。）

年をまたぬ　袖だにぬれし　しののめに　思ひこそやれ　天《あま》の羽衣

（次の逢瀬まで一年待つこともなかった私の袖さえ別れの涙で濡れた明け方に、思いやることです。今朝別れればまた一年逢えない織り姫の羽衣はどれほど濡れているかと。）

あはれとや　思ひもすると　七夕に　身のなげきをも　うれへつるかな

（哀れと思うでしょうか、と織り姫星に、我が身の嘆きを訴えたことです。）

あはれとや　七夕つめも　思ふらむ　あふせもまたぬ　身の契りをば

（哀れと織り姫も思っているでしょうか。恋人との逢瀬を待つこともない我が身の運命を。）

いとふらむ　心もしらず　七夕に　涙の袖を　人なみにかす

（嫌がるでしょう織り姫の心も知らず、七夕に涙の袖を人並みにお供えします。）

なに事も　かはりはてぬる　世の中に　契りたがはぬ　星合の空

（すべてが変わり果ててしまった世の中に、年に一度の約束を違えることのない七夕の空よ。）

心とぞ　まれに契りし　中なれば　うらみもせじな　あはぬたえまを

（真心からめったに逢えない約束をした仲なので恨まないことでしょう。逢わない間も。）

あはれとも　かつはみよとて　七夕に　涙さながら　ぬぎてかしつる

（私を哀れと思ってくださいと、七夕に涙で濡れたままの衣を脱いで貸したことです。）

天の河　けふのあふせは　よそなれど　暮れゆく空を　なほもまつかな

（天の河の今日の逢瀬は人ごとですが、暮れゆく空をやはり待つことですよ。）

七夕の　契りなげきし　身のはては　あふせをよそに　ききわたりつつ

（七夕の約束を嘆いた我が身の果ては、逢瀬をよそごとに聞き続けることになってしまいました。）

ながむれば　心もつきて　星合の　空にみちぬる　我が思ひかな

（物思いに沈んでぼんやりと見やれば心も尽きてからっぽになり、私の思いの何もかもが七夕の空に満ちていくようです。）

七夕の　あひみるよひの　秋風に　もの思ふ袖の　露はらはなん

（七夕が再会する宵の秋風に、物思う袖の涙の露を払って欲しい。）

秋ごとに　わかれしころと　思ひいづる　心のうちを　星はみるらん

（秋が来るごとに、恋しいあの人と別れたころだと思い出す私の心の中を、星は見ているでしょう。）

七夕に　心かはして　なげくとも　かかる思ひを　えしもかたらぬ

（七夕に心を交わして嘆いたとしても、このような私の苦しい思いを語ることはできないことです。）

世の中は　見しにもあらず　なりぬるに　おもがはりせぬ　星合の空

（世の中はかつてと変わってしまったのに、様子が変わらない七夕の空よ。）

思ふこと　かけどつきせぬ　梶《かぢ》の葉に　けふにあひぬる　ゆゑをしらばや

（思う事を書いても尽きることのない梶の葉に、今日また七夕の日に巡り逢った理由を知りたいものです。）

よしかさじ　かかるうき身の　衣手は　たなばたつめに　いまれもぞする

（貸さないことにしておきましょう。このような辛い身の上の私の着物は織り姫に嫌がられると困りますので。）

かたばかり　かきてたむくる　うたかたを　ふたつの星の　いかがみるらむ

（ただ型どおり書いて手向けるはかない歌を、織り姫彦星の二つの星はどのように見るのでしょう。）

なにとなく　夜半《よは》のあはれに　袖ぬれて　ながめぞかぬる　星合の空

（何となく夜半のしみじみとした思いに涙で袖を濡らし、眺めることも難しい七夕の空よ。）

えぞしらぬ　しのぶゆゑなき　彦星の　まれに契りて　なげくこころを

（知ることはできません。忍ぶ理由のない彦星が、年に一度の逢瀬の約束をして嘆く心を。）

なげきても　あふせをたのむ　天の河　このわたりこそ　かなしかりけれ

（嘆いても逢瀬を期待する天の河よ。この私と資盛様の叶わぬ渡りは悲しいことです。）

かきつけば　なほもつつまし　思ひなげく　心のうちを　星よしらなん

（辛い思いを梶の葉に書き付けるのはやはり気がひけることです。思い嘆く私の心の内を、星よ、知ってください。）

引く糸の　ただ一筋に　恋ひ恋ひて　こよひあふせも　うらやまれつつ

（引く糸がただ一筋であるように、ひとすじに恋い慕って叶う今宵の逢瀬も羨ましく思います。私はどれだけ慕ってもあの人に逢うことは叶わないので。）

たぐひなき　なげきにしづむ　人ぞとて　このことの葉を　星やいとはん

（類を見ない嘆きに沈む人だといって、私の言葉を星が嫌うでしょうか。）

よしやまた　なぐさめかはせ　七夕よ　かかる思ひに　まよふこころを

（仕方がありません。また慰め交わしてください、七夕の星よ。このような思いに迷う私の心を。）

七夕の歌を書くのも今年で最後と思っても、また歌数が積もったので、

いつまでか　七《なな》つのうたを　かきつけん　しらばやつげよ　天の彦星

（いったいいつまで七夕の歌を書き付けるのでしょうか。知っていたら教えてください。天の彦星よ。）

八　再出仕

後鳥羽天皇付きの女房として再び宮中に出仕する。歌人として認められ、勅撰集に和歌を収める誉れを得る。

若かったころから、我が身を役に立たないものと思い込んでおりましたので、ただ心外に命長らえていることさえも厭《いと》わしく、まして人に知られようなどとは、少しも思っておりませんでしたのに、しかるべき人々が断りがたく取り計らうことがあって、思いがけず、何年か経てのち、再び後鳥羽帝にお仕えするため宮中に参内《さんだい》することとなりました。我が身の運命は返す返すも定めなく、我が心の中も不安で落ち着きません。藤壺の方を見るにつけても、昔住み慣れたころの事ばかり思い出されて悲しく、調度品も宮中の様子も変わらないのに、ただ私の心の中だけが、砕けてしまいそうな悲しさです。月の陰りなき様子を眺めては思い出さないことはなく、涙で曇ってしまいます。昔は位の低い殿上人《てんじょうびと》などとして見ていた人々が、重々しい公卿《くぎょう》であるのも、もし資盛様が生きていたらそうでしょう、このようであったのに、などと思い続けられて、以前よりずっと、心の中は、やるせなく悲しく、何に喩えようもありません。高倉院のご様子に、たいそうよく似申し上げなさっていらっしゃる今上帝のご様子にも、物の数にも入らない私の心の内一つであっても耐え難く、昔が恋しくて、月を見て、

今はただ　しひて忘るる　いにしへを　思ひいでよと　すめる月かげ

（今はただ無理にも忘れようとしている昔のことを、思い出せと言うように澄みきっている月の光よ。）

＊

五節《ごせち》のころ、霜が降りるほど寒い夜の明け方に、中宮任子《にんし》様の御所の酒宴で、五節の時に謡われる「白薄様《しらうすよう》」などの声が聞こえるにつけても、毎年聞き慣れたことを、まず思い出さずにいられましょうか。

霜さゆる　しらうすやうの　声きけば　ありし雲井ぞ　まづおぼえける

（霜が冴え渡る白薄様の声をきくと、昔の宮中がまず思い出されます。）

＊

とにかく、物ばかり思い続けられてふと気付くと、まだらな毛色の犬が竹の台の下などを歩いていています。昔、内裏に飼われていて、お使いなどで参上した時々に、呼んで袖に抱いたりしたので見知って慣れ親しみ、尾を振ったりなどした犬に、たいそうよく似ています。そのようなものを目にしても、なんとなくしみじみ感慨深いものです。

犬はなほ　すがたも見しに　かよひけり　人のけしきぞ　ありしにもにぬ

（犬はそれでも、姿も昔見た犬に似通っているものです。人の様子は昔とは違うのに。）

＊

かつてのことを見知っている人も当然あるでしょうが、語り合う術もありません。ただ心の中でばかり思い続けてしまうのが、やりようもなく悲しくて、

我がおもふ　心ににたる　友もがな　そよやとだにも　かたりあはせん

（私の思う心に似た友がいてほしいものです。せめて「そうですね」とだけでも語り合い

ましょう。)

＊

五月五日、菖蒲の御輿《みこし》をたてた階段の辺りや軒の景色が、かつて見たものと変わらないのにつけても、

あやめふく　軒端《のきば》もみしに　かはらぬを　うきねのかかる　袖ぞかなしき

(菖蒲を葺く軒端も昔と変わらないのに、菖蒲の長い根を袖に掛けながら、短命に終わったあの人を思って涙の落ちかかる我が袖が悲しいことです。)

＊

人が訴訟を申し立てた時のことでしたが、しかるべき人が沙汰を申し伝えるのを聞くと、「後白河院の御治世の時、このように仰せくださった」などとして、「この書き付けは平資盛殿が蔵人頭《くろうどのとう》であった時に書かれたものだ」と言っている。思いがけずさめやらぬ夢と思う人の名を聞き、どうしてしみじみ感慨深いことも並一通りでありましょうか。

水のあわと　きえにし人の　名ばかりを　さすがにとめて　きくもかなしき
（水の泡と消えてしまった人の名だけを、さすがに耳に止めて聞くのも悲しいことです。）
おもかげも　その名もさらば　きえもせで　ききみるごとに　心まどはす
（亡くなったのであれば、面影もその名もいっそ消えてくれればいいのに消えもしないで、聞き見るごとに私の心を惑わすことです。）
うかりける　夢の契りの　身をさらで　さむるよもなき　なげきのみする
（辛い夢のような契りは我が身を去らず、その夢が覚める夜もなく嘆くばかりです。）

＊

父大納言藤原隆季《たかすえ》様が亡くなられ、藤原隆房《たかふさ》中納言が深い嘆きとともに自邸に籠もっていらっしゃると聞きました。この方だけは、昔のことも自然と語り合える人であるので、お見舞い申し上げようと、そのもとへ五月五日に次の歌をお贈りいたしました。

つきもせぬ　うきねは袖に　かけながら　よその涙を　思ひやるかな

（あやめの根と尽きることのない悲しみの涙を袖に掛けながら、あなたの涙を思いやっています。）

返歌

かけながら　うきねにつけて　思ひやれ　あやめもしらず　くらす心を

（あやめの根を袖に掛けながら嘆きの涙を流すにつけて思いやってください。五月のあやめを掛ける日であるとも知らず、引き籠もり暮らしている私の心を。）

＊

大宮の入道内大臣《にゅうどうないだいじん》藤原実宗《さねむね》様がお亡くなりになられたころ、中納言藤原公経《きんつね》様が喪に服されて、五節などにも参上なされなかったので、いろいろな櫛を模様に描いた白薄様の紙に書いて、ある人がお贈りするのに代わって詠んだ歌。

まよふらん　心の闇を　思ふかな　豊のあかりの　さやかなるころ

（お父上を失って迷っているであろう心の闇を思うことです。豊の明かりの饗宴が明るく催されているころに。）

返歌は、薄鈍《うすにび》の薄様に、

かきこもる　闇もよそにぞ　なりぬべき　豊のあかりに　ほのめかされて

（豊の明かりにかすかに照らされて、引き籠もっている闇も人ごとになっていくでしょう。あなたの思いやりで父を亡くした悲しみもやわらぎます。）

＊

中納言平親宗《ちかむね》様がお亡くなりになって後、昔も近く見知った人でしみじみ感慨深いので、平親長《ちかなが》様のもとへ、九月の終わりごろ、弔問申し上げます。空の様子も時雨れて、さまざまに哀れも特に忍びがたかったので、喪服の人の袖の上も推し測られて、

くらき雨の　窓うつ音に　ねざめして　人の思ひを　思ひこそやれ

（暗い雨が窓を打つ音に目覚め、あなたの悲しみを思いやることです。）

露けさの　なげくすがたに　まよふらむ　花のうへまで　思ひこそやれ

（露に濡れうなだれている花の姿に心乱れていることでしょう。あなたの嘆きと重なる花の身の上まで思いやることです。）

露きえし　庭の草葉は　うらがれて　繁きなげきを　思ひこそやれ

（露が消えた庭の草の葉が枯れてしまうように、お父上を亡くされたあなたの深い嘆きを
思いやることです。）

わびしらに　ましらだになく　夜の雨に　人の心を　思ひこそやれ

（わびしげに猿《ましら》さえ泣く夜の雨に、あなたの心を思いやることです。）

君がこと　なげきなげきの　はてはては　うちながめつつ　思ひこそやれ

（あなたのことを、嘆き嘆きのその果ては心中いかばかりかと、物思いにふけりながら思
いやることです。）

またもこん　秋のくれをば　をしまじな　かへらぬ道の　別れだにこそ

（又巡り来るであろう秋の暮れは惜しまないでしょう。死という帰らぬ道の別れさえもあ
るのだから。）

親長様からの返歌

板びさし　時雨ばかりは　おとづれて　人めまれなる　宿ぞかなしき

（板庇《いたびさし》に時雨だけは訪れても、人の目はめったにない我が家は悲しいことだ。）

うゑおきし　ぬしはかれつつ　いろいろの　花さへ散るを　みるぞかなしき

（植えておいた主人は亡くなってしまって、残された色々の花までも散るのを見るのは悲しいことだ。）

はれまなき　うれへの雲に　いつとなく　涙の雨の　ふるぞかなしき

（晴れ間のない憂いの雲に、いつでも涙のような雨が降るのは悲しいことだ。）

秋の庭　はらはぬやどに　跡たえて　苔のみ深く　なるぞかなしき
（秋の庭で木の葉も払わない我が家に人跡も絶え、苔ばかり深くなるのは悲しいことだ。）
よもすがら　なげきあかせば　あか月に　ましの一声　きくぞかなしき
（一晩中嘆き明かして、明け方の月に猿の一声を聞くのは悲しいことだ。）
くちなしの　花色衣　ぬぎかへて　ふぢのたもとに　なるぞかなしき
（くちなしの花の衣を脱ぎ変えて、喪服の藤色の袂になるのは悲しいことだ。）
思ふらむ　よはのなげきも　ある物を　とふことの葉を　みるぞかなしき
（あなたも亡き人を思っての夜半の嘆きもあるでしょうに。私を見舞う言葉を見るのは悲しいことだ。）

くれぬとも　又もあふべき　秋にだに　人の別れを　なすよしもがな

（暮れたとしてもまた巡り逢える秋のように、人の別れをなす術があったらいいのに。）

＊

九月十三日の夜は、名月と言われているとおり晴れておりました。平親長様は、仕事の指図などで忙しく、打ち解けた様子もなくて、さっと脇の方へ向いておしまいになりましたが、ちょっとした物の端に書いて、若い人々が台盤所《だいばんどころ》にいた中を、かき分けかき分け私の後ろの方によって、懐から取り出して、くださった歌。

名にしおふ　夜を長月の　十日あまり　君みよとてや　月もさやけき

（有名な長月十日過ぎの夜は、あなたに見てくださいというように、月も澄み渡っていることです。）

返歌

名にたかき　夜を長月の　月はよし　うき身にみえば　くもりもぞする

（名高い夜を長月の月はたとえ美しく照っていても、辛い我が身に見られて曇ってしまうと困ります。）

＊

宰相中将《さいしょうちゅうじょう》源通宗《みちむね》様が、常々参内《さんだい》して、女官《にょうかん》などを尋ねておられましたが、女官の居場所が遠くて、すぐには参れませんでした。常に「女房にお会いしたいのだが、どうすればよいか」とおっしゃっていましたが、「この簾の前で咳払いをなさったら、私が聞きつけるでしょう」と申し上げると、「信用できませんね」とおっしゃったので、「ただここを立ち去らないで夜昼ひかえておりますよ」とお答えしました。その後、露もまだ乾かない早朝に参内して、お帰りになられたと聞いたので、使いを出し、「何処へでも追いかけて行きなさい」と言って走らせました。

荻《おぎ》の葉に　あらぬ身なれば　音もせで　みるをもみぬと　思ふなるべし

（秋風に葉を揺らす荻の葉ではない身なので、音も立てないで見ていた私を、見ていないと思ったのでしょう。）

久我《くが》へ行かれたのを、使いはすぐに訪ねて、手紙は置いて帰って来ましたが、通宗様は私の使いをお付きの者に追わせたようです。「決して返事はもらってこないでね」と教えてあったので、使いは「鳥羽殿の南の門まで追ってきましたが、茨《いばら》や橙《からたち》に引っかかりながら、藪に逃げて、力車《ちからぐるま》があったのに紛れて帰ってきました」と言うので、よろしいと褒めてやりました。しばらく後、通宗様は「そのような手紙は見ていません」と抵抗し、又「参上したけれど、簾の中に人がいないことははっきりしていたので、立ち退きました」とおっしゃるので、又「動かないで見ていましたが、あまり物騒がしくお立ちになったので」などと言い争っているうちに、五節のころになりました。その後も、このことばかりを言い争う人々がありましたが、豊明《とよのあかり》の節会《せちえ》の夜、冴え渡った有明の月のもと、参上された通宗様のご様子は美しゅうございました。しばらくしてお亡くなりになった時の悲しさは言いようもなく、「その夜の有明の月、雲の様子まで、通宗様の形見に思えます」

と人々が常に申しましたので、

思ひいづる　心もげにぞ　つきはつる　なごりとどむる　ありあけの月

（思い出す心もなるほど悲しみに尽き果ててしまいます。通宗様の名残を留める有明の月を見ると。）

などと思うと、また、

かぎりありて　つくる命は　いかがせん　昔の夢ぞ　なほたぐひなき

（限りがあって尽きる命をどうできましょうか。それでも資盛様を失った悲しみはやはり類がないものです。）

露ときえ　煙ともなる　人はなほ　はかなきあとを　ながめもすらむ

（露ときえ荼毗《だび》に付されて煙ともなる人は、それでもやはりはかなき跡を眺めもするでしょうが、資盛様はそれも叶わないことです。）

思ひいづる　ことのみぞただ　ためしなき　なべてはかなき　ことをきくにも

（思い出すことはただ喩えようもない資盛様の死の悲しみばかりです。誰かがお亡くなりになったという事を耳にすると。）

＊

建仁《けんにん》三年（一二〇三年）の年、十一月の二十何日かであったでしょうか、五条の三位入道《さんみにゅうどう》藤原俊成《としなり》様が九十歳になられたとお聞きになって、院よりお祝いをくださることになりましたが、贈り物の法服の装束である袈裟《けさ》に歌を書こうとして、源師光《もろみつ》入道の娘である宮内卿《くないきょう》の殿《どの》に歌は詠ませて、紫の糸で、院のご命令で私が刺繍をしてさしあげました。

ながらへて　けさぞうれしき　老《おい》の波　やちよをかけて　君につかへむ

（長らえて今朝は嬉しいことです。老いた身ではありますが、八千代をかけて君にお仕えしょう。）

とありました。くださった人の歌としては、もう少し良くなりそうに、心の中では思いましたが、そのままにしておくべきことなので、そのまま刺繍しましたが、「けさぞ」の「ぞ」の文字、「つかへむ」の「む」の文字を、「や」と、「よ」にするべきだったとして、急にその夜になって、二条殿へ参上すべしという院のご命令で、中納言藤原範光《のりみつ》様の車が迎えに来られたので、参上して、文字を二つ刺繍しなおしました。そのままお祝いの様子も拝見したくて、一晩中お仕えして拝見すると、昔のことを思い出して、たいそう歌道の面目も素晴らしく思われ、早朝俊成入道の元へそのことを申し遣わしました。

君ぞなほ　けふより後《のち》も　かぞふべき　ここのかへりの　十のゆくすゑ

（俊成様はなお今日より後も更に九十年の歳月を数えて行くことでしょう。）

お返事に「ありがたい院よりのお召しでございましたので、這うように参上して、人目にはどれほど見苦しいかと思ったが、このようにご祝賀いただいたのも、やはり昔の事も、物の由来も知っている人と知らない人とは、本当に同じでないことだ」とおっしゃって、

亀山や　ここのかへりの　ちとせをも　君が御代にぞ　そへゆづるべき

（不老不死の仙人が住むという蓬莱山《ほうらいさん》の九千年の齢をも、君が御代に添え譲りましょう。）

後書き

返す返すも辛いことより他の思い出などない身でありながら、年は積もって、無駄に明かし暮らすうちに、思い出される事々を少しずつ書き付けました。たまたま人が、「歌を書き集めた物があるか」などと言うときには、たいそう思うままに書いたことが恥ずかしくも思われましたが、ここから少し書き抜いてお見せしました。これはただ、私ひとりで見ようと思って書き付けたのを、後で見て、

くだきける　思ひのほどの　かなしさも　かきあつめてぞ　さらにしらるる

（砕いた思いの分だけ募った悲しさも、書き集めてさらに思い知らされることです。）

老いて後、民部卿《みんぶきょう》藤原定家《さだいえ》様が勅撰集《ちょくせんしゅう》編纂《へんさん》のため、歌を集めることがあるといって

「書きおいた物がありますか」と尋ねられたときでさえ、歌人の数に私を思い出されて言っていいただけた情けがありがたく思われ、さらに「先の出仕時の名と、後の出仕時の名と、どちらの名で歌を載せたいと思いますか」とお尋ねくださった思いやりが、たいそう深く感じられました。今なおただ隔て果ててしまった昔の事が忘れがたいので「そのときの名前で」などと申し上げて、

ことの葉の　もし世にちらば　しのばしき　昔の名こそ　とめまほしけれ

（言葉がもし世に残るのならば忘れがたい昔の名を留めたいものです。）

　民部卿からの返歌

おなじくは　心とめける　いにしへの　その名をさらに　世にのこさなん

（同じことなら心を留めた昔のその名を更に後の世に残しましょう。）

とあったのは、うれしく思われました。

〈底本〉

『建礼門院右京大夫集』久松潜一・久保田淳　校注（岩波文庫）

底本では和歌の上句と下句を一字空けで表記してあるが、本書では各句の間を一字空けた。和歌の表記について、一部、糸賀きみ江氏の改訂に倣った。

〈参考文献〉

『建礼門院右京大夫集』全訳注　糸賀きみ江（講談社学術文庫）

『日本詩人選13　建礼門院右京大夫』中村真一郎（筑摩書房）

人物一覧

【系図1】

後白河天皇　ごしらかわてんのう（一一二七―一一九二年）第七十七代天皇。鳥羽天皇の第四皇子。異母弟の近衛天皇の急死により皇位を継ぐ。三十年以上に渡って院政を行う。

亮子内親王（殷富門院）　りょうし（あきこ）ないしんのう／いんぷもんいん（一一四七―一二一六年頃）後白河天皇の第一皇女。

式子内親王（大炊御門の斎院）　しょくし／しきし（のりこ）ないしんのう／おおいのみかどのさいいん（一一四九―一二〇一年）後白河天皇の第三皇女。一一五九年賀茂斎院となり、のち出家。藤原俊成に歌を学び『新古今集』に四十九首入集。新三十六歌仙、女房三十六歌仙の一人。

建春門院　平滋子　けんしゅんもんいん／たいらのじし（しげこ）（一一四二―一一七六年）後白河天皇の女御、皇太后。女院。高倉天皇の母（国母）。平時信の娘。

高倉天皇　たかくらてんのう（一一六一―一一八一年）第八十代天皇。後白河天皇と建春門院平滋子の皇子。本書では右京大夫が帝（高倉天皇）と中宮（徳子）を「日と月」と詠む和歌がある。

後鳥羽天皇　ごとばてんのう（一一八〇―一二三九年）第八十二代天皇。高倉天皇の第四皇子。後白河天皇の孫。藤原定家らに『新古今和歌集』を編纂させた。

安徳天皇　あんとくてんのう（一一七八―一一八五年）第八十一代天皇。高倉天皇の第一皇子。母は中宮徳子（後の建礼門院）。わずか三歳で即位し、平家と命運を共にし、壇ノ浦で崩御した。

平親宗　たいらのちかむね（一一四四―一一九九年）平清盛の縁戚ながら、安元二年（一一七六年）の建春門院の崩御後も後白河法皇の側に仕える。

平親長　たいらのちかなが（生没年未詳）平時子の弟・親宗の息子。本書では父・親宗を亡くした際、右京大夫と和歌の贈答が見られる。

平時忠　たいらのときただ（一一三〇？―一一八九年）平時子の弟。本書では菖蒲の節句で中宮徳子に贈り物をした際、右京大夫と和歌の贈答が見られる。

平時子（八条の二位）　たいらのときこ／はちじょうのにい（一一二六―一一八五年）平清盛の継室（後妻）。清盛との間に宗盛、知盛、徳子（建礼門院）、重衡らを生む。『平家物語』では安徳天皇と神器を抱いて入水。

平清盛　たいらのきよもり（一一一八―一一八一年）伊勢平氏の棟梁である忠盛の嫡男として生まれる。「保元の乱」や「平治の乱」では勝利を収め、武士として初めて太政大臣に昇格。娘徳子を高倉天皇の后とする。六波羅に大邸宅を構え、しばしば盛大な宴を催す

系図1

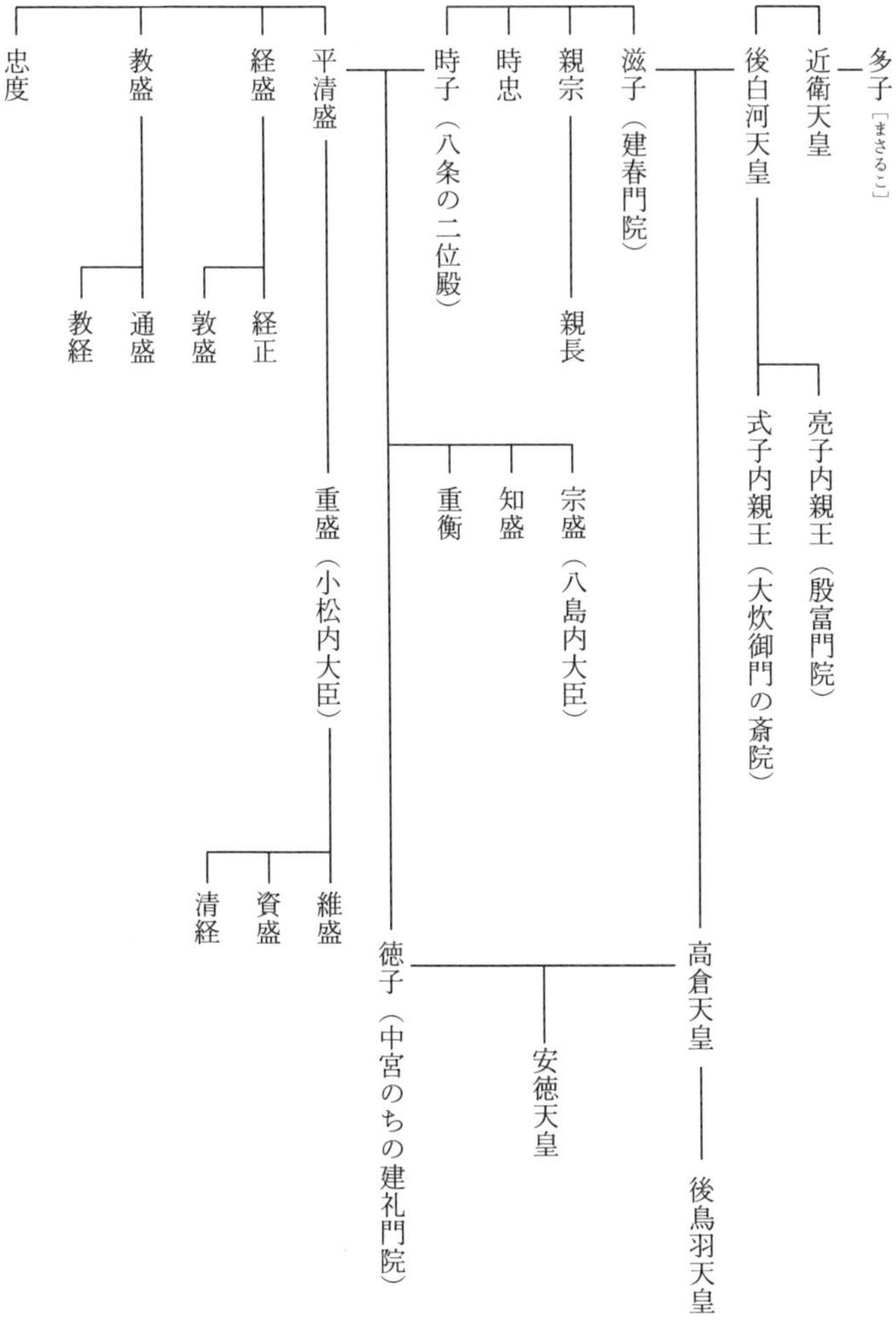

多子〔まさるこ〕
近衛天皇
後白河天皇
亮子内親王（殷富門院）
式子内親王（大炊御門の斎院）
滋子（建春門院）
親宗
親長
時忠
時子（八条の二位殿）
宗盛（八島内大臣）
知盛
重衡
平清盛
重盛（小松内大臣）
維盛
資盛
清経
経盛
経正
敦盛
教盛
通盛
教経
忠度
高倉天皇
徳子（中宮のちの建礼門院）
安徳天皇
後鳥羽天皇

など、権勢をふるった。後、出家して六波羅入道と呼ばれる。

平宗盛（八島内大臣）　たいらのむねもり／やしまのおとど（一一四七―一一八五年）平清盛の三男。本書では右京大夫へ櫛を贈る挿話が記されている。

平知盛　たいらのとももり（一一五二？―一一八五年）平清盛の四男。本書では右京大夫から他の女房への文遣いにわずかに登場するだけだが、『平家物語』では稀代の武将として壮絶な最期が描かれる。

平重衡　たいらのしげひら（一一五六？―一一八五年）平清盛の五男。三位中将と称された。本書では右京大夫たち女房とのおしゃべりに加わり怪談話をするという挿話がある。

建礼門院　平徳子　けんれいもんいん／たいらのとくし（のりこ）（一一五五―一二一四年）高倉天皇の皇后（中宮）。院号は建礼門院。高倉天皇に入内して第一皇子・言仁親王（後の安徳天皇）を産む。右京大夫が仕える。本書には随所に建礼門院への敬愛の情がうかがえる。

平重盛（小松内大臣）　たいらのしげもり／こまつのおとど（一一三八―一一七九年）平清盛の嫡子。資盛の父。政治的手腕と優れた人格を併せ持ち、清盛出家の後、平家一門を束ねた。本書では住吉詣や熊野詣に資盛を伴って出かけたことが記されており、信心深い人であったことがうかがわれる。

平維盛　たいらのこれもり（一一五八？―一

一八四年）重盛の嫡子。清盛の孫。光源氏を思わせるような美男であり、その優美さは本書にも度々描かれているが、和歌は苦手だった。右京大夫は維盛の正妻とも親しく、維盛の恋愛問題に口を出すなど、親交は深かったようである。

平資盛　たいらのすけもり（一一六一？―一一八五年）重盛の次男。源氏の追討で活躍し、一一八四年の藤戸の戦では大将軍となるが、翌年の壇ノ浦の戦いで入水。建礼門院右京大夫の恋人で、本書には全編を通し、資盛への深い愛と追慕の悲しみが流れる。

平清経　たいらのきよつね（一一六三―一一八三年）重盛の三男。横笛の名手として聞こえた。本書では式子内親王付きの女房に次々思いを寄せる挿話が見られる。

平経正　たいらのつねまさ（？―一一八四年）平経盛の長男。平清盛の甥。本書では宴で詠んだ歌をからかわれる挿話が見られる。

平忠度　たいらのただのり（一一四四―一一八四年）平清盛の弟。藤原俊成に師事し、優れた歌人であった。『平家物語』では都落ちの際、俊成の元へ戻り、勅撰集への入首を懇願する挿話が有名。本書では右京大夫に西山の紅葉に添えて和歌を贈っている。

【系図2】

藤原伊行　ふじわらのこれゆき（一一三九？―一一七五年？）建礼門院右京大夫の父。貴族・能書家。『源氏物語』の最初の注釈書

『源氏釈』を著し、『伊勢物語』の本文研究にも携わった。箏（そう）にもすぐれたとされ、学問諸芸の才能は右京大夫に受け継がれている。

建礼門院右京大夫　けんれいもんいんうきょうのだいぶ（一一五七年頃出生―？）藤原伊行の娘。母は大神基政の娘夕霧。高倉天皇の中宮徳子に仕え、徳子の甥平資盛と恋仲であった。同時に藤原隆信とも交際していた。平家滅亡とともに資盛と死別し、長くその喪失と哀悼の中に生きるが、後に女房として後鳥羽天皇に仕える。七十代後半の頃に『新勅撰和歌集』に二首入集。日記的私家集『建礼門院右京大夫集』を残す。

【系図3】

藤原俊成　ふじわらのとしなり／しゅんぜい（一一一四―一二〇四年）五条の三位入道。平安時代後期から鎌倉時代前期の歌人。『千載（せんざい）和歌集』の撰者。右京大夫は俊成の養女であったという説があるほどで、大夫とは近しい関係であったと考えられている。本書では九十歳を迎えたときの挿話がある。

藤原定家　ふじわらのさだいえ／ていか（一一六二―一二四一年）公家・歌人。藤原俊成の息子。『新古今和歌集』の撰者の一人。本書では右京大夫が和歌を定家に認められ、「右京大夫」という名を残すこととなる挿話がある。

藤原隆房　ふじわらのたかふさ（一一四八―

系図2

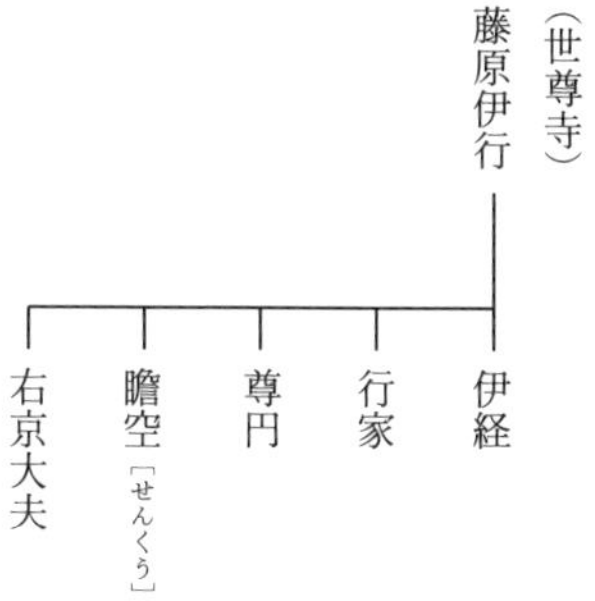
藤原伊行
（世尊寺）
伊経
行家
尊円
瞻空［せんくう］
右京大夫

系図3

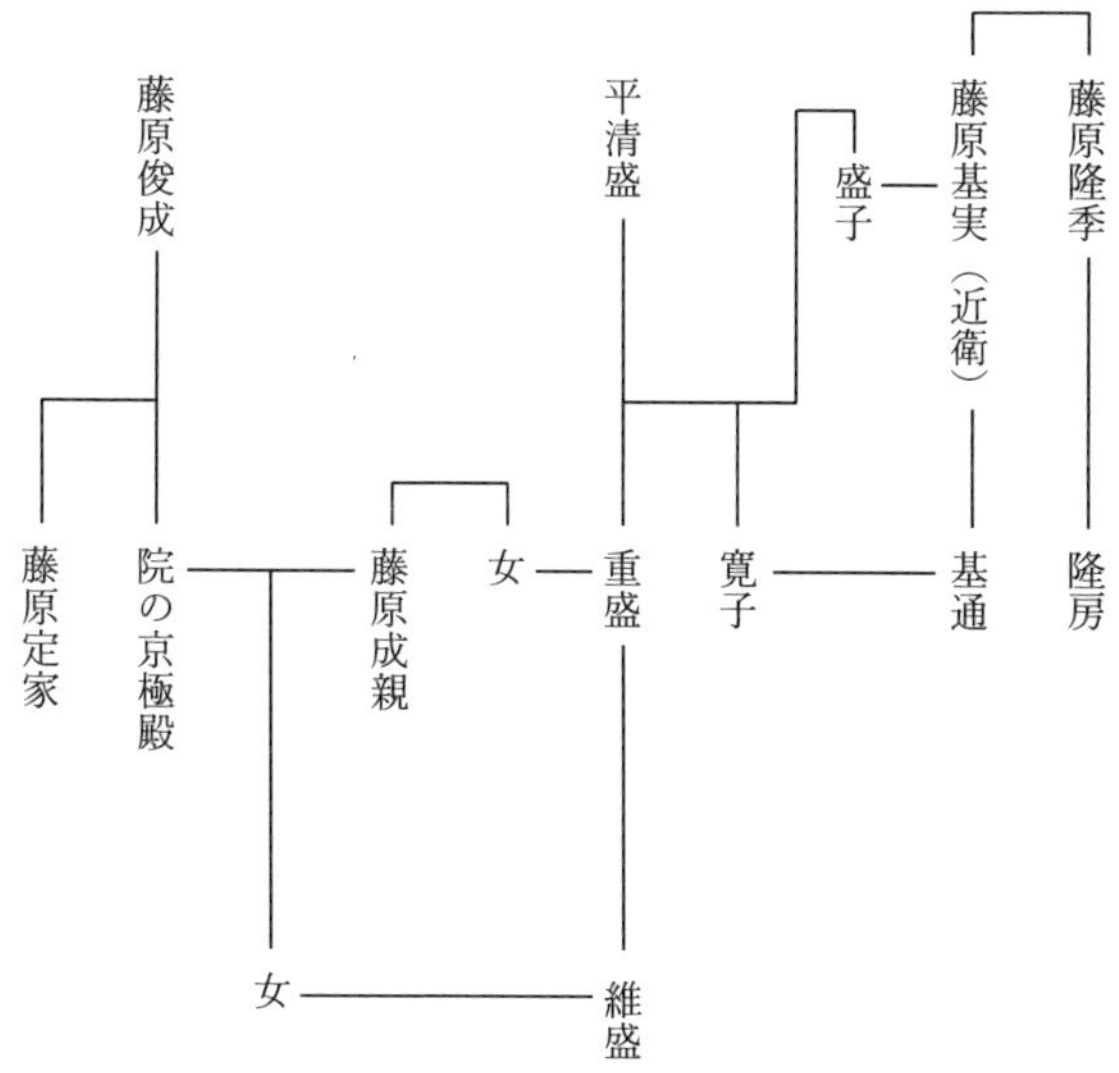
藤原隆季
藤原基実
（近衛）
盛子
平清盛
藤原俊成
隆房
基通
寛子
重盛
女
藤原成親
院の京極殿
藤原定家
維盛
女

一二〇九年）平安・鎌倉時代の歌人、散文作家。藤原隆季の長男。右京大夫とは旧知の仲であり、本書にも度々登場して右京大夫と和歌を贈り合っている。

白河殿　平盛子　しらかわどの／たいらのもりこ（せいし）（一一五六―一一七九年）平清盛の娘。関白藤原基実の正室。高倉天皇の准母。白河押小路殿に移って白河殿と呼ばれる。

藤原成親　ふじわらのなりちか（一一三八―一一七七年）藤原家成の三男。母は藤原経忠女。後白河上皇の寵臣。七歳で越後守となり、讃岐守、侍従、越後守、右近衛中将等を歴任するも、鹿ヶ谷の陰謀に関わったとして配流される。

【系図にない主要登場人物】

藤原隆信　ふじわらのたかのぶ（一一四二―一二〇五年）平安時代末期から鎌倉時代初期にかけての貴族・歌人・画家。母の再婚相手が藤原俊成であり、定家は異母兄弟。右京大夫の年の離れた恋人であったが、本書では大夫の切ない恋心とあっけなく別れるに至る心の内が描かれる。

藤原（西園寺）実宗　ふじわらの（さいおんじ）さねむね（一一四九？―一二一二年？）藤原北家閑院流西園寺家、藤原公通の長男。琵琶の名手であり、右京大夫に琴を弾くように勧める挿話などがある。

源通宗　みなもとのみちむね（一一六八―一

一九八年）源道親（みちちか）の長男。後鳥羽院の蔵人頭（くろうどのとう）。本書では、右京大夫再出仕後、参内の際に大夫に恋の手引きを依頼する挿話がある。

三条女御殿　藤原琮子　さんじょうにょうごどの／ふじわらのそうし（一一四五―一二三一年）平安時代後期、後白河天皇の女御。三条公教（きんのり）の娘。

小宰相　こざいしょう（一一六四？―一一八四年）平安時代末期の女性。平通盛（みちもり）の妻。『平家物語』に通盛の後を追い入水した悲話が残されている。本書でも小宰相をしのぶ。

［訳者紹介］
坂田みき（さかたみき）
新潟県出身。大阪府立北野高等学校、早稲田大学教育学部国語国文学科を卒業。新潟清心女子中学・高等学校で国語科教諭として勤務。現在、新潟明訓高等学校講師。

現代語訳で読む日本の古典
雪と消えにし人や恋ふらむ
建礼門院右京大夫集

2024年11月17日　第1刷発行

訳者
坂田みき

発行者
田邊紀美恵

発行所
有限会社 東宣出版
東京都千代田区神田神保町2－44　郵便番号101－0051
電話（03）3263－0997

装画
折原美沙

ブックデザイン
塙浩孝（ハナワアンドサンズ）

編集協力
coacoa books（コアコアブックス）

印刷所
株式会社 エーヴィスシステムズ

Printed in Japan　*ISBN978-4-88588-114-5*　*C0095*